花開滅之時

蒔——著

目　次

Chapter 1

九月一日，開學日。

打著呵欠的宋雅嫻走下了公車前往三聖高中，接著被一個人拍了肩膀。力道雖然不大，但也讓她嚇了一跳。

「陳玄霖，你是要嚇死我嗎？」她皺著眉說道。

「沒有啊，我不都這樣拍妳的肩膀嗎？」陳玄霖不以為意的說：「妳怎麼看起來這麼沒有精神？妳該不會跟妳哥昨晚看恐怖片看到三更半夜吧？」

「哎呀！別提這個了！」她抬起手蓋住耳朵不耐說道。

「所以被我猜到了？」

「郁婷呢？」宋雅嫻趕緊轉移話題，「你不等她嗎？」

「喔，她呀……」陳玄霖還沒說完，宋雅嫻口中的賴郁婷便笑嘻嘻的一手環著宋雅嫻的肩膀，另一手則是勾住陳玄霖的手。

「呀啊！」宋雅嫻叫了一聲：「賴郁婷！很危險欸！」

賴郁婷聳肩，之後勾著陳玄霖的手臂。

沒錯，他們是情侶。

「聽說三聖高中資源好。我們可是當初拚死拚活的用功讀書才能考上這所呢。」賴郁婷開心的舉起手說：「而且幸運的是我們三個竟然同一班！好開心啊！」

「我可是一點都不開心，因為我還要看你們這對情侶放閃三年呢。」宋雅嫻故意說道。國中被閃了三年，沒想到高中竟然還擺脫不了。

「欸哪會！妳也是我跟郁婷最好的朋友欸，我們可是從國小就認識到現在了耶。」陳玄霖說道。

宋雅嫻微微一頓，最好的……朋友嗎？

看著眼前的她嬌嗔的對他撒嬌，宋雅嫻只是呆呆站在原地，思緒不知道掉到哪裡去了。

「呀啊！他來了！」

一旁的女同學尖叫著，使宋雅嫻他們三人的注意力也往那群女同學的聲音拉去。

「三聖高中的男神果然就是不一樣。」賴郁婷說。

「男神？」宋雅嫻好奇地看著她：「妳知道什麼內幕嗎？」

「他們所謂的男神叫做謝亞倫，長得帥，個性也不錯，不過給人一種中央空調的感覺！喔，他來了。」賴郁婷用下巴指了指門口的方向。

一個身材高挑，長相俊俏的男孩走了進來，他對著旁邊試圖要跟他搭話的女孩子微笑，但是腳步卻越來越快，沒多久即走過宋雅嫻他們身旁。

「亞倫！下課一起去福利社吧！」後頭的女同學對著他喊著。

當謝亞倫經過宋雅嫻身旁時，他們同時不經意的抬眸，正好對上了眼，不過也只有一秒的時間，他們同時移開了。

宋雅嫻看著三聖高中這棟建築物，心想著將來的高中三年，就要在這所學校度過了。

高一不一樣的地方是，開學時教室是鴉雀無聲的。

宋雅嫻今年升上高一，是個活潑好動的十六歲少女。

她有個可以說是竹馬的玩伴陳玄霖，還有多年閨蜜賴郁婷。

陳玄霖跟賴郁婷從國一開始交往至今，感情相當的甜蜜。

一開始的她心中總會充滿苦澀，但到現在已經完全可以習慣了。

雖然偶爾還是會感到苦澀。

趁著老師還沒有來，班上的同學也因為不熟而在玩乾瞪眼，宋雅嫻拿出從家裡帶來的漫畫，因為她知道開學第一天一定很無聊，加上又是全新的校園生活，一定更為尷尬。

無意間抬頭看著前方的賴郁婷跟陳玄霖有說有笑的小聲說話，宋雅嫻的心思也飄到了那一天。

雖然說心情不再像那一天如此複雜難受，也釋懷了不少。

但她也會想，要是那一天，不、在那一天之前，是不是如果換了個方式，今天坐在陳玄霖身邊的人，會不會就是她了？

「各位同學大家好。」一陣悅耳的女聲傳了過來，使宋雅嫻的回憶快速回到現實。

一名短捲髮的女人帶著親切的微笑站在講台上，她繼續用她悅耳的聲音說道：「我是你們的班導陳璟芳。是教英文的。未來三年，請大家互相指教囉。」

「她好正喔。」陳玄霖對著宋雅嫻說道。

「你再說一次。」賴郁婷似笑非笑的看著陳玄霖，眼裡透露出的殺氣還真令人畏懼。

「喔沒有，當然郁婷妳是最可愛最美麗的。」陳玄霖趕緊討好似的說道。

宋雅嫻只是微笑搖頭，賴郁婷聽了則是無奈的翻了他一個白眼。

朋友，有的時候真的很好用。宋雅嫻看向窗外，如此想道。

放學鐘聲響起，高中生活第一天就這樣過去了。宋雅嫻慢條斯理的收拾書包，賴郁婷一臉哀愁的說：「好煩，開學第一天我就要馬上去補習班。」

「加油。」宋雅嫻莞爾說道。

「加油啦，下課時再打給我。」陳玄霖說道。

「你們放學路上小心。」賴郁婷說完便頭也不回的離開教室。

「走了，在等妳呢。」陳玄霖看向宋雅嫻說道。

宋雅嫻的手頓了一下，之後疑惑的看著他：「幹嘛等我？」

「我們不就是住同一個里嗎？坐公車的班次一樣，下的公車站也一樣，不如就一起走吧。」

陳玄霖無謂的聳肩。

我們是朋友。

一起坐公車，不為過吧？

宋雅嫻看著他的臉，最後拿起書包，說：「那就走吧。」

「雅嫻雅嫻！這裡！」陳玄霖拉著宋雅嫻走到兩人座，而很剛好的，公車上也只剩這兩個座位，不然就是要用站的了。

宋雅嫻感到有點彆扭，倒是陳玄霖意示她先坐進去。

「幹嘛？」陳玄霖微微皺眉：「再不坐進去位子會被搶喔，我可不想用站的。」

最後宋雅嫻還是乖乖地坐進去，她看向窗外，看著賴郁婷這時走出校門，往巷口內走去。

陳玄霖一屁股坐下，他一坐下就像是鬆了一口氣說：「真是太幸運了，今天有位子坐，終於不需要用站的了。」

宋雅嫻看著旁邊的他。

沒有越界，就沒事。

「我先睡一下，到站時候叫我。」陳玄霖打了個呵欠。

「不可能，我會直接丟下你自己下車。」宋雅嫻故意說道。

「笑死，妳就坐靠窗的位子，妳覺得妳起來不會動到我嗎？」陳玄霖閉上眼睛笑著說。

「睡你的。」

「真冷淡。」

宋雅嫻沒有回應，只是一直看向窗外。

雖然她身邊都圍繞著陳玄霖跟賴郁婷這對情侶，同時，她也是他們的心事出氣筒。

只要小倆口一有爭執，宋雅嫻絕對會變成夾心餅乾。

但是，儘管她很樂意傾聽，甚至還會想辦法解決他們的爭執，不過她的心事，卻也沒辦法讓他們其中一個人知道。

她努力的想要保持距離。道德之上，友誼更重要。

這是她的底線。

什麼橫刀奪愛搶男人，她根本連想都不敢想。

她微微嘆了一口氣，有時候為自己的糾結感到可笑不已。

此時右肩突然傳來的重量，使她的心顫了一下。

她稍稍轉過頭，映入眼簾的是陳玄霖閉上眼睛，頭卻不自覺的往她肩膀上靠。

但她偶爾還是會想，如果在那一天，她再主動一些，不要那麼被動的話。是不是就會改變一切？有些事情就不會發生？

例如，他與她的情愫。

宋雅嫻斂下眼簾，最後用肩膀把他的頭給頂了起來。

「哎呀！」陳玄霖嚇了一跳，之後皺著眉問：「妳幹嘛呀？」

「你倒在我肩上，很重。」宋雅嫻瞇眼解釋。

「就讓我『小鳥依人』一下嘛！」

「你走開。你再亂說話，我這位子就立刻讓座。」她認真說道。

「妳……」陳玄霖這時突然沉默，之後還是決定說出他的疑慮：「宋雅嫻，妳是不是不喜歡跟我獨處啊？」

「嗯。因為你是郁婷的男朋友。我不想陷入莫名其妙的八卦。」

「妳會在意別人說的話嗎？」陳玄霖真的思考起來，之後他又說：「我跟郁婷相信妳就好了啊。我們當初不也是這樣想的？」

「……」

「哎呀妳被道德綁架太嚴重了。這樣很容易放不開欸。」陳玄霖皺眉：「不然以前國小的時候我們兩個多黏。」

「那是小時候，我們已經長大了好嗎？」宋雅嫻失笑。

「管妳。反正妳跟郁婷都是我重要的人。」

「喔拜託不要，我不想當你重要的人。」宋雅嫻趕緊推託：「這種話別人聽了會誤會。」

「欸妳明明就知道我的意思！」

「好了啦我們的站要到了，不要再糾結這個話題上了，乖。」宋雅嫻說完還起身按了旁邊的下車鈴，這個話題才暫時打住。

跟著一大群學生走下公車，宋雅嫻在呼吸到新鮮空氣的那一刻，忍不住伸了個大懶腰。開學第一天，還真的有點累，明明就沒上什麼課。

「明天見喔！」陳玄霖朝她揮手說道。然而她見狀也輕揮了手。

賴郁婷跟陳玄霖交往之後依然不介意宋雅嫻的存在，畢竟在他們交往之前，他們三個就是同進同出的。

「我回來了！」一打開家門，宋雅嫻對著在廚房的宋母喊道。

「回來啦。」宋母這時走了過來，便遞給她一封白色信封，莞爾道：「有妳的信呀，等等再麻煩妳幫我送幾瓶牛奶到郁婷家好嗎？」

看到眼前的信封，宋雅嫻一整天坐在教室的疲憊感瞬間消失，她喜孜孜的接過信封，對著宋母說：「好！謝謝媽幫我收信！」語畢，她便直接往二樓房間跑。

這封信的寄件人對她來說是個特別的人，她打開信封，上頭整齊的字隨即映入她眼裡。

讀完這封信之後，最後的署名使她莞爾。

——花滅　筆

花滅對宋雅嫻來說是個很特別的人，他們的相遇是宋雅嫻國一時在一場遊戲裡認識的。

而宋雅嫻在遊戲內的化名則是叫花開。

那一天在遊戲裡打怪，宋雅嫻被豬隊友雷得亂七八糟，當時她索性不玩直接去大廳掛機，加上在那一天，她意外得知賴郁婷開始私下跟陳玄霖一起去看電影的事情。

雖然宋雅嫻一開始說過她不喜歡看電影，所以電影院的邀約她一律會拒絕，因此他們不會找她去看電影是正常的。

只是……感覺問題吧，雖然知道他們來約自己還是會拒絕，不過在不知情的情況下他們有其他接觸，使她感到有點悶悶不樂。

那時候，他們已經上了國中一年級。三個人的友誼從國小三年級開始經營到現在。

有一天宋雅嫻玩電腦遊戲時，看到有個陌生的名字叫做「花滅」，而她叫「花開」，她突然有種親切感，於是主動向對方丟出交友邀請，對方也迅速答應。

她微微勾起嘴角，點開了跟花滅的對話框。

花開：你好！

然而沒多久，她看到對方的訊息狀態顯示輸入文字中。

花滅：你好。

就這個對話開始，花開跟花滅就成為在網路上最要好的朋友。

也在那一天，她向未曾謀面的花滅說出一直以來在她心中的糾結感。

花滅當時只是淡淡的問：**妳是喜歡那個男生，對吧？**

宋雅嫻盯著螢幕上這十個字，最後緩緩敲下鍵盤回覆：**沒錯**。

喜歡是感情變質的開始，因為自己的心胸會因為他而變得狹隘，也會變得更會胡思亂想。

自從他來當她鄰居的那一天起，他們就很常一起出去玩，有時候也會一起寫作業聊聊天。久而久之，這個人在她心中就變得非常重要。

❀

宋雅嫻依約將牛奶送到賴郁婷家，應門的則是賴郁婷的母親，她看到宋雅嫻便揚起大大的微笑，說：「是雅嫻呀！進來坐一下吧！」

宋雅嫻端起微笑，但帶點不好意思的口吻說：「我還有事情，我等等還要去幫我爸買東西呢！」

「這樣啊？」賴母點頭表示理解，此時賴郁婷剛好也出現了，她看到宋雅嫻便亮起了眼睛：「雅嫻妳來啦！」

「送牛奶。」宋雅嫻莞爾道。

「妳真該多跟人家學學，人家都會幫家人做事情，個性也隨和活潑，不像妳安靜得跟什麼似的。」賴母突如其來的數落賴郁婷，使在場的兩個女孩尷尬得站在原地，尤其是宋雅嫻，她跟賴郁婷從國小就有在往來，雙方家長也都認識，但從以前開始，賴母看到宋雅嫻總是稱讚她，但也都拿她跟賴郁婷比較。

「沒有啦阿姨，郁婷比我優秀好不好，她很用功讀書，功課都很好，不像我都在中間名次。」宋雅嫻笑笑說道，想緩和此刻的氣氛。

「媽，妳不是說要跟自己個性不同的人當朋友嗎？」賴郁婷也笑著說。

「也是，可是人家身上也是有妳該學習的地方啦！」賴母說。

「阿姨，郁婷，我先走了喔！」見眼前情況對賴郁婷如此的尷尬，宋雅嫻決定還是先離開了。

「路上小心喔！」

❀

花開：睡了嗎？

花滅：沒有。

宋雅嫻看著眼前的對話框，沒多久，花滅又傳了訊息：**有心事？**

跟花滅有交流已經度過有一段歲月了，除了遊戲上會對話，他們還會通信。不過大多時候，花滅都是傾聽的那一方，而且在遊戲、以及一些其他話題方面，花開跟花滅都很有共鳴。

不過，聊得來歸聊得來，她其實對花滅的認知還是有些薄弱。

她只知道，花滅大她兩歲，其餘什麼都不知道，連性別也是，有好幾次宋雅嫻試著問花滅，但對方卻都含糊過去。

雖然沒有說一定要知道對方的性別，相處得自在才是最重要的。

於是後來，宋雅嫻也不會特別執著花滅的事情。

畢竟每個人都有自己不想說的事情。於是宋雅嫻直接替花滅決定了性別，她覺得花滅是女生。

花開：每次都是你聽我說，你會不會覺得很煩？

花滅：不會。我挺喜歡觀察人的。我覺得有時候人的情緒反應很有趣，也很值得思考。

宋雅嫻聞言歪頭。不過仔細想想，花滅確實很常說出她聽不懂的話。

不過每當收到花滅的信，她心中總是有股踏實感。

當筆尖碰觸到信紙的那一刻，她已經開始期待下次通信的時間。

其實他們通信的頻率算高，一個禮拜至少會收到兩次對方寄來的信。

不過花滅今年已經是高三生，要準備考試，所以有的時候信會比較晚收到。

她趴在桌上閉上了眼睛。高三生活呀，據自己認識的學姊說過，高三的生活真的不是人在過的。

❀

高中生活雖然才過幾天，但她可以明顯感受到高中跟國中之間在課業上的差異。

像是今天早自修要考英文週考、後天也要考數學測驗。

宋雅嫻看著記事本上大大小小的測驗，不禁感到心累。

「早呀！雅嫻！」賴郁婷主動走過來拍了宋雅嫻的肩膀。

「早喔！」宋雅嫻回應道。看賴郁婷的樣子，她不禁又想起昨天去她家送牛奶的場面。

但身為宋雅嫻的好友賴郁婷怎麼可能沒發現？於是她故作輕鬆的說：「我媽就是這樣啦，不要理她就好。沒事的！」

宋雅嫻覺得她這時應該要說些什麼的，但陳玄霖這時也適時出現了：「嗨兩位，在這串門子呀！」

賴郁婷的神色突然變得神祕，她說：「玄霖，你知道今天是什麼日子嗎？放學有空吧？」
「今天喔？要考英文週考啊。喔，我放學跟阿敘他們有約了。」
「陳玄霖！你真的不要那麼誇張喔！」
賴郁婷的表情充滿不滿，而陳玄霖則是無辜疑惑的搔著頭，對於眼前的狀況好像一頭霧水。
「怎麼了，幹嘛一大早突然對我生氣？」陳玄霖一臉不知所措的看向宋雅嫻。
「你還敢說！今天是我們的紀念日，我之前就叫你今天把時間留給我，我們要一起慶祝！結果呢？你跟我說你今天跟朋友有約？」賴郁婷氣得臉紅，聲音也因此放大。
「每個月都過情人節，連紀念日也要過？不會膩喔！」陳玄霖皺眉：「而且妳也不是很常私下跟雅嫻出去玩嗎？別以為我不知道，現在網路方便的很，社群網站上都是妳們的照片！」
「你這個！」賴郁婷氣得要打陳玄霖，他見狀急得大喊：「雅嫻！救我！」
「郁婷，不要這樣，這裡是穿堂，很多人會經過呀！」宋雅嫻趕緊擋著爆氣的賴郁婷。於是宋雅嫻就這樣莫名的卡在這對情侶之間，試著當和事佬。
無奈陳玄霖就是不知道自己哪裡惹賴郁婷生氣，兩個人執著的點永遠沒有交集。
宋雅嫻的窘境並沒有因為到教室而有所緩和。
像是中午的時候，賴郁婷勾著宋雅嫻的手，說：「走吧，去吃午餐。」
「欸，我呢？」陳玄霖在後頭問道。
「我哪知道？你去找你朋友啊！」賴郁婷如此回他。

宋雅嫻這時微微掙脫了她的手，微笑的說：「對不起，你們兩個還是說開比較好。我啊，覺得站哪邊都很奇怪，你們還是趕快和好吧！我自己吃午餐就好。」為了不想再繼續尷尬下去，宋雅嫻丟下這句之後就逃離現場。

最後宋雅嫻在學生餐廳的其中一個位子坐下，難得賴郁婷跟陳玄霖沒有在她身邊，也算是有了一個可以喘息的空間了。

畢竟這對情侶一吵架，他們纏著她的功力可是提升了一百倍，總是無意間的要她選邊站。

正當她吃著剛買來的麵包時，有一個女孩拿著茶葉蛋，客氣問：「請問可以坐妳對面嗎？」

宋雅嫻抬眸，發現對方是班上的同學，班上同學的名字她還沒完全記起來。然而這個女孩的名字是她目前記著的人之一，叫董若蘭來著。

環顧四周，學生餐廳的位子幾乎坐滿了人，而且也都是一群人坐在一起。

「坐吧，沒關係。」宋雅嫻莞爾說道。

「謝謝妳。」董若蘭揚起優雅的微笑，最後坐了下來。

看到董若蘭剝著蛋殼，有的時候卻不小心把一小部分的蛋白也給剝了下來，宋雅嫻見狀問：「要不要我幫妳剝，我很會剝蛋殼喔！」

董若蘭微微愣了一下，之後微笑說：「好啊。麻煩妳了，其實我不太會剝殼，但是我又很喜歡吃蛋。」

宋雅嫻微笑接過，說：「我一開始也不會剝，後來是我爸教我的，跟妳說，我也很喜歡吃蛋。」

「好巧喔。」董若蘭發出如鈴鐺般清脆的笑聲，之後她又說：「對了，我們其實是同班同學，我沒有記錯名字的話，妳叫宋雅嫻對不對？」

「對，我是宋雅嫻。我們是同學沒錯，而且妳叫董若蘭對吧？」

「對！居然被妳記住了，好榮幸。」

看著董若蘭的笑顏，不得不說，她笑起來就是有種可以治癒人心的溫暖。

「妳的名字很好聽。」宋雅嫻不吝嗇的誇獎。

「當然！這是我過世的外公取的。所以我很喜歡這個名字。」董若蘭微笑說道。

宋雅嫻聞言了解的點了頭，茶葉蛋蛋殼也在這時候剝好了，於是她微笑遞給董若蘭：「好了！」

「哇謝謝！」董若蘭微笑接過，開始吃了起來。

看著董若蘭只吃兩顆茶葉蛋，於是宋雅嫻問：「妳中午只吃這樣嗎？」

董若蘭聞言露出尷尬的笑容，她用手指搔了搔下巴，說：「對呀，今天忘記帶錢包，書包裡也只剩二十元。」

宋雅嫻原本要開口說話，結果卻聽到了隱隱約約的咕嚕聲，聲音還是來自……董若蘭的肚子。

「我的麵包給妳吧。」宋雅嫻指著放在旁邊還沒拆封的麵包，說：「聽郁婷說這麵包很好吃。」

「這怎麼行！」董若蘭著急的搖了搖手：「我怎麼可以吃妳的午餐呢！而且沒帶錢是我的問題，妳沒必要幫我解決。」

「反正我也吃不太下。我這個吃到一半就飽了，另一個放著不吃浪費。」宋雅嫻衷心的說：「就拜託妳啦。」

董若蘭盯著宋雅嫻一陣子，之後問：「妳怎麼啦？」

宋雅嫻嘆了一口氣，其實除了賴郁婷跟陳玄霖鬧彆扭的事情，主要是早上家裡發生了一件更麻煩的事情。

宋父接到一筆大訂單，對方王先生訂了三十瓶牛奶，甚至還說一個月後要拿，他們最近都在努力擠出三十瓶牛奶，結果今天才過一個禮拜，對方不但打電話來催單，甚至最後搞到棄單。導致宋父不知道該如何是好。

宋雅嫻氣到想要直接打電話跟王先生理論，結果卻被掛電話。

「在路上最好不要給我遇到！」宋雅嫻當時對著無人接聽的話筒罵道。

反正王先生也有來過牧場，宋雅嫻早已把對方的臉給記得一清二楚了。

麻煩的除了被棄單，接下來才是後面的部分。像是擠出來的牛奶要怎麼處理，以及成本的部分。就夠讓人煩惱了。

「就……很複雜啦，也不知道該怎麼說。」最後宋雅嫻打哈哈過去了。

幸好董若蘭沒有繼續追問下去，但看宋雅嫻沒有什麼食慾，最後也拗不過宋雅嫻的好意，她接收了那塊麵包。

宋雅嫻站起身伸了懶腰，董若蘭也站了起來。

只是之後看著董若蘭沒有要往教室方向走去，使宋雅嫻好奇問：「妳要去哪裡？」

董若蘭回頭，水汪汪的大眼眨呀眨，之後笑著說：「我想去烹飪教室。」

宋雅嫻還沒回答，隨即又聽到她問：「要一起去嗎？」

宋雅嫻聞言轉了轉眼珠，反正這時候回教室，大概也還是看那對情侶在玩乾瞪眼遊戲吧。

既然如此，那倒不如四處晃晃順便熟悉校園還比較實際。

「好哇，我跟妳去。」宋雅嫻最後應允。

宋雅嫻一路跟在董若蘭後面，看到董若蘭對三聖高中這麼的熟悉，於是她開口：「妳怎麼走的那麼順？」

董若蘭一邊走一邊說：「因為我有認識的學姐也讀這一所呀，之前有來過，所以對這裡不陌生。」

「雅嫻，小心！旁邊有小凹洞！」原先在恍神的宋雅嫻聽到了董若蘭的叫喊，只是在她聽到的時候已經來不及了。

由於這棟校舍算老舊，地板有些部分都有了些凹洞，稍微不注意就會踩空。

正當她以為她會因此不小心踩空跌倒時，有人及時拉住了她。

「雅嫻！」

宋雅嫻的視線出現一個陌生的男生，她接著往下發現，對方扶住了她的背及手腕。

「沒事吧？」男生開口詢問。

謝亞倫。這個男生的制服上，繡著這個名字。

定睛一看，謝亞倫有雙明亮的大眼、高挺的鼻子以及高䠷的身高。

「雅嫻，還好嗎？」董若蘭一臉擔憂的靠近，宋雅嫻這時回過神，於是站直了身子。

「我沒事。」宋雅嫻先對董若蘭說，之後面向謝亞倫，莞爾說：「謝謝你。」

「哎呀，這個凹洞真的很麻煩，有的時候真的都會絆倒人。」謝亞倫搔了搔頭。之後望向旁邊的空教室，便走了進去。

只見他拿出一張椅子，放在凹洞的旁邊，說：「這樣的話，大家應該都會看到了。」

謝亞倫勾起嘴角，之後又說：「是說開學第一天，我們有見過面。」

「咦？」宋雅嫻愣住，但她也因為謝亞倫這句話，記憶也回到了開學第一天。

在那個瞬間，他們有對上了眼，即使只有一秒的時間。

原來那時候，謝亞倫真的有看到她。

「妳叫什麼名字？妳應該是新生吧。」謝亞倫微笑問。

見眼前的謝亞倫這麼的有禮貌，宋雅嫻聞言微微點頭，回答：「我是新生沒錯。我叫宋雅嫻。」

「我叫謝亞倫。是高三的學長。」謝亞倫微笑說道。

「亞倫。」這時另一個個學長走了過來，他站在謝亞倫旁邊，拍了他的肩膀：「社團交接的部分今天要處理，我們要趕快過去。」

「喔對。」謝亞倫突然想起，之後微笑說：「掰掰，學妹。」

宋雅嫻於是就這樣默默看著那兩位學長離去。方才因為差點跌倒而紊亂的心依舊跳個不停。

「雅嫻，沒事吧？」董若蘭擔心的看著她，問：「要不要去保健室？」

「啊，沒事！我沒事。」宋雅嫻趕緊安撫她。

「是說，妳該不會對那位學長暈了吧？」董若蘭一臉認真的盯著她看。

「什麼？」

「之前就有聽說謝亞倫學長很帥，不過他是中央空調喔。對每個女孩子都很溫柔，所以他剛剛對妳的舉動……希望妳別想太多。」

「喔，原來是這樣嗎。」宋雅嫻失笑：「放心啦，我不會因為這樣就暈他。只是，他人緣是不是真的很好？」

「對呀，很多女生喜歡他。不過他雖然是中央空調，但對每個女生都有一定的距離，所以謝亞倫也不曾傳出什麼緋聞。」

「看起來是中央空調的人還能這麼的有原則保持距離呀。」宋雅嫻咕噥著，也看著已經走到對面棟的謝亞倫。

「好難得遇到對謝學長無感的人。」董若蘭笑著說。

「會嗎？妳也是吧。」

「對呀，我確實對他無感。」她微笑說。

打開了烹飪教室的門，屬於餅乾的甜香傳入了鼻腔。而且看到裡面洗手台上的烹飪用具還沾著水珠，可見剛剛有人用過這間教室。

宋雅嫻的手機震動了一下，她打開來看，發現是陳玄霖傳來的。

「欸妳是跑去哪了啊！我這時候很需要妳欸！午休時間沒有妳，我一個人跟郁婷相處很尷尬！」

宋雅嫻看了訊息一眼，接著回覆。

「她是你女朋友，尷尬什麼？」

「就是彆扭才尷尬啊！」

宋雅嫻正要繼續回覆，結果陳玄霖竟然直接打來了。

「嘖，你幹嘛啦！」宋雅嫻站在走廊上接起了電話，目光也跟在裡頭的董若蘭對上了眼，她只好對她比個抱歉的手勢。

「妳跑去哪裡了！趕快回來嘛！」陳玄霖哀怨的說。

「你對郁婷撒嬌就好了啊，你之前不是都這樣嗎？」

「我有啊！然後郁婷就問我到底知不知道她氣什麼，我說知道啊，我忘記了紀念日，結果她就是繼續不理我！」他說到最後語氣也焦躁起來：「真是的！」

宋雅嫻嘆了一口氣，她看向眼前那片湛藍的天空，說：「你知道郁婷為什麼這麼生氣嗎？」

「……好啦，不知道。妳知道嗎？」

「就是你那無所謂的態度，以及一心只想要她氣消，卻不了解她心意的部分。」宋雅嫻也覺得陳玄霖這顆腦袋真的太過石化了，與其讓他自己原地煩惱，不如她決定直接點醒。

「陳玄霖，我這樣說你懂了沒？」宋雅嫻無奈的說：「你為什麼就是不懂女孩子的心呀？」

「我就不是女孩子啊。」陳玄霖沉默了一陣，之後說：「我知道我該怎麼做了。」

通完電話之後，宋雅嫻走了進去，董若蘭從冰箱拿出兩個布丁，笑咪咪地把其中一個遞給她：「來，吃吧。」

「咦？怎麼會有這個布丁？」

「第四節不是自習課嗎？」見宋雅嫻點頭，董若蘭的笑容更大了，「所以我就跑來這裡做點心啦。剛好妳可以幫我試味道。看會不會覺得太甜之類的。」

「我有這個榮幸嗎？」宋雅嫻莞爾說道。

「別說什麼榮幸啦……」董若蘭害羞的說，之後拉了張椅子，「坐嘛坐嘛！」

看著董若蘭的樣子，宋雅嫻不禁莞爾。不得不說，雖然才第一次跟董若蘭接觸，但是跟她相處卻意外的輕鬆。不用特別顧慮什麼。所以也很快的，這兩個女孩的話匣子也在吃布丁的過程中，逐漸打開。

「什麼？居然遇到這種奧客？」董若蘭聽聞了宋雅嫻她家早上發生的事情，不敢置信的說。

「就是啊，而且超惡劣，我打電話過去要罵他的時候竟然還掛我電話！」宋雅嫻氣呼呼的吃完最後一口布丁。

「下次遇到他一定要蓋他布袋！」

宋雅嫻訝異的看著她，說：「還真的沒想到這句話是從妳口中說出來耶。」

董若蘭聞言只是靦腆的笑著，模樣如此的可愛。

「下次我也帶我們家做的奶酪給妳嚐鮮！妳一定會喜歡！」宋雅嫻如此說道。

「真的？」董若蘭托著腮，眼睛都亮了起來。

「真的！」宋雅嫻微笑應允，隨後又說：「妳的布丁真的太好吃了。」

「我可以每天做給妳吃呀。」

「不行不行，這樣會胖！」

兩個女孩坐在烹飪社教室裡頭，交談的笑聲迴盪在只有兩個人的教室。

謝亞倫走到烹飪社教室附近時，突然聽見女孩的笑聲。原先要走進去泡咖啡的他，在門口時稍微停駐了一下。看見其中一個女孩的笑容時，他的目光在她身上短暫停留幾秒。

像花一樣，燦爛的綻放。

他沉浸在屬於「祕密」的海底，深怕被揭穿、卻也不想就此離開。

不知道自己的價值落在何處，如同花瓣一樣，會綻開、也會掉落。

也就是，熄滅。

「謝亞倫？」一陣女聲傳了過來。

謝亞倫回頭一望，留著短髮的女孩疑惑的看著他，也順著方向望著教室裡頭。

「那兩個女生看起來好像感情很好。」謝亞倫微微勾起嘴角：「妳跟詩倫還有李芢慧偶爾應該也可以來這裡聊天泡茶吧？」

女孩微笑聳肩，「很抱歉我們三個都不怎麼會烹飪。」

謝亞倫微微勾起嘴角，之後說：「妳不等子羨嗎，蘇荷？」

「他說他要繼續忙，叫我先回去了。」名為蘇荷的女孩如此說道。

風這時吹起她的短髮。她又開口：「聽謝詩倫跟子羨說，這幾天又有好幾個女生跟你告白？」

「是呀。」謝亞倫走向矮牆，看著天空。

蘇荷微微嘆了一口氣，「你還是不要帶給其他女生不該有的期望。」

「什麼期望？」他微笑反問：「我對每個人都很好啊。」

「我記得你對我說過，我們都不是好人。」蘇荷微笑依靠在矮牆上。

「妳骨子裡是好人，但我不是。」謝亞倫說：「我不像妳這麼幸運，可以遇到真心的人。」

「每個人都有值得被喜歡的地方。」蘇荷清澈的雙眼竄進謝亞倫眼裡：「希望有這樣的一個女生，可以真正走入你的心。」

謝亞倫微微一頓，之後失笑：「天，跟張子羨混太久，妳講話也變得文謅謅啦？」

這時門關上的聲音傳來，謝亞倫轉過頭去，董若蘭跟宋雅嫻有說有笑的往另一個方向離開。

宋雅嫻跟董若蘭回到教室時，已經接近午休尾聲。

宋雅嫻默默的坐下位子，不帶任何一聲聲響。

前方的賴郁婷及陳玄霖此刻都趴在座位上睡覺，不知道這對情侶有沒有說開。

董若蘭坐在第一排的位子，離宋雅嫻有些距離，不過在宋雅嫻抬眸的時候，也正好跟她對上了眼。

宋雅嫻微微起嘴角，用唇形對她說：謝謝。

然而董若蘭則是給了她一個大大的笑容。

「妳們什麼時候變那麼熟了？」剛醒來的賴郁婷正好看到這畫面。

「剛剛。」看著一旁還在睡覺的陳玄霖，宋雅嫻問：「和好了嗎？」

「嗯，和好了。晚上要去吃飯。」賴郁婷看著我：「妳要不要一起？」

「才不要，你們要慶祝我幹嘛在場。」她失笑。

「玄霖之前是不是有找妳問我生氣的原因？」賴郁婷冷不防問。

「怎麼了嗎？」

「沒有啊，他之前就是完全不知道我在氣什麼，結果剛剛好像是開竅了。說什麼他應該要顧慮我的用心才對，一開始聽覺得很開心，但是後面想想……他的腦袋應該不會想到這麼的細。」

賴郁婷看著宋雅嫻，說：「而且依他個性，他會來找妳求救應該不意外。」

「他就不知道，所以才要跟他說呀。」宋雅嫻說：「而且他就是很在乎妳，所以才想趕快跟妳和好呀。」

賴郁婷努了努嘴，看向還在睡覺的陳玄霖，最後微微嘆了一口氣。

「都已經這麼誠心的道歉了，我再繼續計較下去也顯得沒度量吧？」賴郁婷看似氣消了許多。而宋雅嫻只是莞爾笑著。

❀

謝亞倫穿上超商店員的制服，上一班的女店員看到他，鬆了一口大氣：「終於可以下班了。」

「萱姐，辛苦啦。」謝亞倫接過她手上的本子，「之後這些我來就可以了，妳早點回家休息吧。」

「那就麻煩你了喔。我這邊的東西都用好了，只剩飯糰那一排而已。」萱姐說：「你還真是貼心。」

萱姐原名邱宇萱，今年二十四歲，在超商任職了四年多。

邱宇萱換下制服之後就揹起她的小背包，在離開超商門口時不忘回頭對著在櫃檯的謝亞倫說：「小帥弟，加油哇！上夜班的你明天又要上課真的是勇者。」

謝亞倫聞言失笑，接著揮手向那道人影道別。

勇者。是啊……在前幾天的十八歲生日之後，他終於做下了如勇者般的決定……

「小子，結帳！」一個渾身酒氣的中年男子拿著好幾瓶啤酒走到櫃檯，意識渙散的指著謝亞倫後面的香菸區：「我要再一個……在左邊下面第二個那個。」

謝亞倫照著那個男人說的方向下去找，結果那個男人說：「啊不是不是，我眼睛不好看錯了，應該是再旁邊一點……」

謝亞倫什麼話也都沒有說，只是依舊照著男人指的方向去拿他想要的香菸。

「啊也不是……」因酒精發揮作用導致視線不佳的男人頻頻指不到他想要的菸，最後惱羞嚷嚷：「啊不買了不買了！買這些酒就好，媽的，氣死。店員也沒什麼用，都不知道我要抽什麼菸。」

謝亞倫對於男人的話不為所動，他平靜的按著收銀機，說：「總共二百五。」

「啥？你罵我是不是啊？」男人又開始大聲嚷嚷。

「請看一下上面顯示的數字。」謝亞倫還很貼心的指著收銀機上顯示的金額數字。

男人看了啞口無言，最後碎碎念的從口袋掏出三百元，丟在桌上，說：「不找了！」

最後，那個男人搖搖晃晃的走向門口。

宋雅嫻打算去超商買個東西，然而在不遠處卻看到一個男人走了出來，雖然有點距離，但宋雅嫻一看到他，眼睛瞬間一亮。

「媽呀，果然還真的讓我遇到你，你這個王八老先生！」宋雅嫻氣得說出她私下為那位跑單的王先生取的綽號，果然狹路相逢，總是會有碰頭的那一天。

宋雅嫻快步走到門口，擋在那位王先生面前。

只是眼前這位王先生渾身酒氣，刺鼻的酒味使她忍不住皺眉。

「搞啥擋在這？」王先生先是不耐的抬頭，卻看到站在面前的是宋雅嫻，眼睛突然睜得很大。

「這不是養牛的千金嗎？」王先生嘖了聲。

「王老闆，我該榮幸你還記得我嗎？」宋雅嫻看了一眼王先生手上袋子裡的東西，微笑說：「有錢買酒，沒錢買牛奶？」

「怎樣啦！賣牛奶了不起喔，就不想買了怎樣？」王先生竟然嚷出這句話。

「什麼叫了不起啊！」宋雅嫻破口大罵：「為了你這個訂單，我爸跟我媽每天都要早起擠牛奶，還有瓶子跟一些成本的錢，你以為很輕鬆是不是啊？結果換來你一句我不要買了就算了？怎麼會有你這種人啊？」

「我是長輩，妳憑什麼這樣跟我說話，臭ㄚ頭！」王先生伸出食指指著她：「跟妳說，我現在心情不好，妳最好給我閃遠一點，還有，妳現在跟我盧也沒用，拎北沒錢就是沒錢啦！」

「真是一群沒知識又沒衛生的一家人！」在離開時，王先生還碎念了這一句。

然而這一句澈澈底底惹火了宋雅嫻，她推了一下那位王先生，這時超商的門剛好打開，王先生因為酒醉腳步不穩，就這樣跌進了超商。

正好王先生不小心撞到了擺在門口附近的零食，原先在櫃檯的謝亞倫把王先生應該找的五十元丟進愛心零錢箱裡，結果目睹到這個畫面時，不禁愣住了。

宋雅嫻雙手抱胸，也走進超商，看到錯愕的謝亞倫，她只說：「放心，撞倒的東西我等等會收拾，壞掉的我會賠償。」

「妳這個野丫頭！」王先生踉蹌的站起身：「所以我說，家裡養牛了不起？」

謝亞倫聞言微微一頓，最後目光一斂，擋在宋雅嫻面前，冷著聲音說：「勸你趕快離開，不然我可是會報警的。」

「怎麼回事？」另一個超商店員看到這個場面，不禁傻了眼。

宋雅嫻這時才發現到，擋在她前面的店員，就是謝亞倫呀！

「媽的，有夠衰！」王先生見人多對他不利，於是趕緊逃離現場。

「真是！」宋雅嫻瞪著王先生狼狽離去的背影。

把倒下的零食重新排好，也確認多數次東西沒有損壞之後，宋雅嫻站起身，說：「都整理好了！」

看向一旁幫忙整理的謝亞倫，她滿臉歉意的說：「抱歉。造成你們的麻煩了。」

「我剛剛有聽到，妳家是開牧場的？」謝亞倫冷不防問出這個問題。

宋雅嫻聞言不假思索地點頭，說：「對呀，剛剛那位王先生，前陣子突然向我們牧場訂三十瓶牛奶，而且一個月內要來拿貨，結果前幾天竟然又打電話來說他不要了。簡直把我爸媽當傻瓜耍，而且態度也很有問題喔，都完全不覺得自己有錯，剛剛找他理論，他還批評我家人，所以我一時生氣，就把他推進超商了……」

謝亞倫聞言沒有說話，只是默默的把目光放在她身上。

「跟你說，我家是開牧場的喔！」

應該不可能吧，世界上怎麼可能會有這麼剛好的事情？

謝亞倫微微瞇起眼，看著眼前的宋雅嫻。

❀

下班回家的謝亞倫回到租屋處之後，就直接呈大字型癱倒在床上，然而他的室友是就讀大學二年級的胡甚齊，他一邊看著手機一邊吃鹹酥雞，問：「小子，十八歲體力很夠喔，竟然可以做到那麼晚，然後過幾個小時又要去學校上課。」

謝亞倫睜開眼睛，看向坐在沙發上的室友，用毫無生氣的語調問：「熬夜追劇的沒資格吐槽吧？」

「我下午才有課，早上再睡也不遲。」胡甚齊挑眉：「你現在高三，是最忙的時刻，你為什麼要在這時候打工呀？」

謝亞倫再度閉上眼，但是腦袋裡，都是當初在謝家時的狀況。

「你真的是謝家的恥辱！」

「你為什麼不能跟你哥哥一樣這麼有出息？」

「我為什麼要跟他一樣？你要不要看看哥哥現在變成什麼樣子？」

「你有本事自己出去生活自己賺錢！做的到的話你大學要去讀哪裡老子隨便你！」

「哥！不要離開！」

從小到大，謝家的管教都很有自己的原則。

望子成龍，望女成鳳的管教，都是父母對孩子恨鐵不成鋼的最佳名言。

謝亞倫上面其實還有一個大他兩歲的哥哥，身為長子，又是男生，父母的期望高到讓他覺得像是一道牆擋在他面前，絲毫看不到外面的陽光。

哥哥逃不掉這樣的期望，身為次子的他也是如此。

只是么妹謝詩倫的待遇就不像他們這樣，相反地，她在謝家很得父母的寵。

由於謝家是開藥局的，店面規模大到多了好幾間連鎖店家。

因此父母希望孩子們將來可以繼承家業，也希望兒子們可以往他們的理想目標前進。也就是將來往醫科的方向前進。

父親是董事長，母親則是藥劑師。在這樣的家庭下出身，背負的期望相對的也高。

身為長子的謝英倫每天都被家人逼著唸書，假日也沒有自己的時間，因此跟朋友出去玩的機會也跟著被剝奪。

幼時的謝亞倫總是站在房間門口看著哥哥努力讀書的背影，不禁感到唏噓。

「亞倫啊，所有的一切哥哥會扛著。」謝英倫都是摸了摸他的頭，莞爾說：「所以千萬不要跟我一樣，成為這個家的犧牲品。我已經沒有選擇了，也變成了你的借鏡。」

「大哥，你在說什麼？我聽不懂。」小時候的謝亞倫眨了眨眼。

「沒事，不用懂也沒關係，將來你也會明白的。」謝英倫苦笑著說。

「我相信我家大兒子這次的成績一定不錯。」

在沉默無比的客廳，只有謝母雀躍的聲音迴盪在此。

這樣的氣氛，卻跟華麗的磁磚地板成了一個對比。

坐在對面的謝英倫緊緊地抿唇，握緊的拳頭表示他此刻的不安，雖然他的手藏在桌子底下，但也被躲在一旁的謝亞倫看見了。

「哥哥……」謝詩倫拉著謝亞倫的衣袖：「你怎麼會在這裡？不去找大哥玩嗎？」

「詩倫，妳先進去，我等等再過去找妳。」謝亞倫微笑摸了摸她的頭，面對這個小妹，無論如何，家裡有些場面他不忍心讓她看到。

謝詩倫乖巧的點頭，接著回到了房間。

才剛升上高一的謝英倫，父母對他的期望跟成績標準越來越嚴格。

笑臉盈盈的謝母拿起了放在桌子上的成績單，結果一看到上頭的成績，臉上的笑容卻凝住了。

「……英文才九十五分？」謝母喃喃的說。

九十五分？不好嗎？謝亞倫如此想著。

相較於謝母的不可置信、謝亞倫的疑惑，謝英倫反倒是一臉淡漠。

「英倫……」謝母一臉擔憂的望向他：「要學醫的人，英文能力可是很重要啊！」

「媽，我知道。我會繼續努力的。」謝英倫低下頭說。

「去讀書吧，雖然現在你才高一，但高中可是個很競爭的階段，你若不比別人多付出努力，你可是會被埋沒的！」謝母苦口婆心的說。

「知道了。」謝英倫站起身，卻不偏不倚對上躲在一旁謝亞倫的眼。

謝母也發現到了，看見二兒子躲在一旁，目光也瞬間暗了下來。

「去讀書吧，你爸回來我會幫忙說話的。」謝母微笑拍著謝英倫的肩膀。

謝英倫走過謝亞倫身畔時，他望了大哥一眼，然而他卻在大哥眼底讀不出任何的情緒。是空洞？還是複雜？包含了太多的心情跟情緒，所以藏更深嗎？

「亞倫。」謝母的語氣比剛剛嚴肅了些。

「媽。」

「看見了吧？你上高中之後，就要以你哥為借鏡。將來藥局可是你跟你哥要扛的，你們可要為自己爭一口氣啊！」謝母又說：「聽老師說你在學校反應不錯，功課也是如此，只是你少了你哥的內斂。這點你也要多注意，多向你哥學習，知道嗎？」

謝母雖然是溫柔的說出這句話，但眼神透露出無形的壓力，直直的射進他心裡。

彷彿這句話的背後就是在說：你還不趕快跟你哥一樣學著爭氣？

然而回到房間的謝亞倫並沒有打開書本。而是點開遊戲。

家裡無形之中帶來的壓力、哥哥的態度、媽媽的語氣，都讓他有點想要逃離現實。

進入遊戲之後，他才有種處在另一個空間的感覺。

在遊戲裡面，他的身分不是謝亞倫。

而是花滅。

自己的人生就像是即將落下的花瓣，不知道落下之後，會飛往何處。

他取了一個跟他行事風格完全不同的遊戲名，可是他也不在乎，反而覺得用「花滅」這個身分在遊戲活著，也挺享受的。

花滅跟謝亞倫，這兩種身分，開始在他的生活中錯綜交叉……

Chapter 2

「雅嫻，班導要妳下課去導師室找她一趟。」今日宋雅嫻才剛到學校，一位同學便走到她身邊說道。

「我知道了，謝謝。」宋雅嫻微笑點頭說道。

她下課如約來到導師辦公室，此刻門是關著的，在她的手摸上門把的那一刻，門卻突然毫無預警的打開，她措手不及，整個人也就這樣往前傾。

也就這樣整個人跌進去那個人的胸膛。

她抬眸一看，正好對上那個人相同訝異的眼神。

宋雅嫻見狀臉頰瞬間一熱，雙手立刻舉成投降狀，嘴裡也不忘說著：「對不起、對不起！我真的不是故意的！」

謝亞倫的目光先是放在她身上一會兒，最後莞爾：「沒事的，我不會在意。沒想到又見面了。」

「對、對呀。」宋雅嫻隨後進了辦公室。

「那就麻煩妳回去將作業發還給同學了喔。」班導將作業簿放在桌上，宋雅嫻點頭便打算全部扛起來，班導見狀又說：「要不要請同學幫妳？」

「不用啦老師，我一個人可以的。」宋雅嫻趕緊說道。

「我來吧。」一樣在導師室的謝亞倫走了過來，不過他是直接全部抱走，這樣的舉動使宋雅嫻一愣。

「我可以自己來……」宋雅嫻還沒來得及阻止，謝亞倫就把書給拖出去了。

幸好這條走廊沒有學生，不然到時候這樣的情況被看到，她簡直有理說不清。

「就這麼不想跟我有牽扯？」謝亞倫語帶笑意的說道。

「不是的。」宋雅嫻不知道如何解釋，畢竟在學校謝亞倫的人氣高到連她之前走在校園裡都可以聽到路過的女同學在討論他，加上他又是模範生，那種受歡迎程度就更誇張了。

「妳真特別。」他莞爾：「學校的女同學都是為了找機會接近我，而妳則是想要找機會遠離我。」

「沒有啦，你不要誤會了。」宋雅嫻尷尬笑笑，像是想要轉移話題般，她開口：「話說很意外會在超商遇到你耶。」

「是呀，我也很意外會遇到妳。」他勾起嘴角。雖然在宋雅嫻眼中謝亞倫其實跟一般人一樣，但她現在多少可以明白為什麼他會被冠上校園男神的稱號了。

此時，宋雅嫻看見陳玄霖從不遠處走了過來。陳玄霖也正好看見了她，於是快步走來，在走近時，看見謝亞倫明顯愣了一下。

「你們認識呀？」陳玄霖問道。

「算認識。」宋雅嫻跟謝亞倫異口同聲回答，語畢，兩個人還同時望向了對方。

「陳玄霖，你幫拿一半的作業吧。」宋雅嫻接過謝亞倫手上的作業簿，說：「學長你的教室跟我們的不同方向，我還是自己拿回去就好，謝謝你。」

陳玄霖直接接過所有的作業簿，接著跟宋雅嫻說：「快回教室吧，要打鐘了。」

「我先走囉！」宋雅嫻轉過身子，跟著陳玄霖一同離開。

在走上樓梯時，宋雅嫻問：「你怎麼會過來這？」

「體育老師找我。」陳玄霖抬起下巴，似笑非笑的看著宋雅嫻：「妳應該沒有忘記我是體育股長吧？」

「還真的差點忘記呢。」宋雅嫻反唇相譏。

「不過，雅嫻，我很意外妳居然跟謝亞倫走這麼近。」陳玄霖頓了下，又說：「之前有聽說過謝亞倫這個人感覺令人摸不清，而且又是中央空調，我怕妳被他騙去了。」

「騙？」宋雅嫻不以為意的訕笑：「想太多了。」

「我可是擔心妳呀！」陳玄霖皺眉：「如果當初……」

見陳玄霖沒有繼續說下去，宋雅嫻疑惑的問：「當初什麼？你怎不說了？」

「沒事，我只是希望妳可以遇到對妳好的人。」陳玄霖說：「畢竟我們是朋友不是嗎？」

這句話像是一支小小的刺，刺在了宋雅嫻心中早已淡化的地方，所以不痛，但很不舒服。

是呀，一直以來，都只是朋友不是嗎？

「我自己拿吧。」宋雅嫻直接接過所有簿子，快步走向離他們不遠的教室。

謝亞倫回到教室之後，他從書包拿出一個信封袋，寫信給他的人正是他多年以來始終有聯繫、卻沒見過面的網友。

當時用花滅的身分在網路世界遊蕩，正好遇到了一個名字跟他相似卻也相反的人——花開。

花滅對應到花開，如果他的人生像花瓣一樣不知道落到何處，那花開就是剛剛綻放出來，就像是面對這世界的好奇。

後來花開主動加他為好友，也許是對於螢幕另一方的人比較沒有太多的顧忌，畢竟不是在現實世界中會接觸到的人，於是在剛認識的時候，花開就告訴他她心中最深也無法隨意跟人訴說的事情。

她喜歡一個男生，但是她的好朋友疑似也喜歡他，突然在某一天，那個男生跟她的朋友在私底下越走越近，曖昧的氛圍也一天比一天明顯。

花滅：想必她對妳是有難以啟齒的事情，但又想要去做，因此在她心中產生了衝突跟矛盾。也就是說，妳們有祕密了，而祕密源自於妳們身邊的人。

那是當時他跟她說過的話。

打從第一印象就知道花開是女孩子，所以他的對話稱呼都是用「妳」，花開也沒有反駁，因此由此可知花開確實是女生。

不過花開從來沒有問過他性別，雖然他覺得花開大概也以為他是女孩子。

當時的他已經是個國三生，要面對升學考試。尤其是在謝家，如此重大的考試對這個家而言可是一個重要的機會。

考的好，是家裡的榮耀。

考砸了，是家裡的恥辱。

那一晚，打破謝家半夜的寧靜，是那聲巨大的撞擊聲。

路人臉上膽戰心驚的表情、謝父的震驚、謝母的哭喊，以及謝詩倫緊緊的抱著他的回憶，都為謝家帶來變化。

謝英倫倒在路中央，動也不動。不遠處甚至還有一包行李袋，裡面的衣服卻散落在四處。有誰會料到，謝家一直給人光鮮亮麗的形象，底下卻藏著不為人知的壓力。

謝英倫甚至因此沒了性命。

原本想要逃離謝家的他，卻在逃出門的那一刻被酒駕撞死。

行李包被彈飛的那一剎那，他想的是什麼呢？

這樣就算是澈澈底底的逃離謝家了嗎？

謝英倫的離去，使謝亞倫對於「逃離」更有了具體的想法。

只有逃離，他才不會走上跟謝英倫一樣的路。

「亞倫啊，所有的一切哥哥會扛著。」

「所以千萬不要跟我一樣，成為這個家的犧牲品。我已經沒有選擇了，也變成了你的借鏡。」

謝父跟謝母算是策略婚姻，謝母的娘家是生技醫療為背景，為了兩家人的利益，因此結了婚，也生下了三個孩子，再把這股期望傳承下去。

但他不想接了。

他們不是為了傳承期望而存在的。

但是，愛又是什麼？

情感又是什麼？

好抽象啊。根本就不懂。

謝亞倫依稀記得當初花開跟他說過她家裡的事情。

花開家裡是牧場背景，她有一個哥哥跟一個妹妹，家庭狀況小康，純樸且單純。

每個家庭的教育方式都不一樣，所教出來的孩子也不一樣。

花開的個性如此的開朗，照理來說，身為「花滅」的他，是無法合拍的。

花開：最近好嗎？聽說你最近忙考試，高三的生活聽說真的很水深火熱，你可別太累啊！

這句話底下的內容都是日常問候跟閒聊的話語，此刻他的桌子被人輕敲了一下，抬眸一看，是在這個班上算是跟他交情最好，也是少數他認定為朋友的張子羨。

「福利社？」謝亞倫挑眉。

「嗯，蘇荷她們在等了。」

「我知道了。」謝亞倫小心翼翼的把信紙摺好放回信封，一旁的張子羨見狀挑眉：「還有在跟筆友傳信？」

「一直都有啊。」

「怎麼會用這麼傳統的方式？現在網路這麼發達。加個通訊軟體就可以聯絡了。」

「你是跟蘇荷在一起久了就跟她一樣網路成癮了嗎？」謝亞倫失笑：「我比較喜歡這種神祕的感覺，而且每天傳訊息，久了也會厭煩。」

唯獨花開，他不想要對她有厭煩的感覺。

想要一直保持著新鮮又期待的念頭。

在期待她回信這段時間，他總覺得自己有個目標在前頭，使生活不至於這麼的黯淡無光。

Chapter 3

今日放學，宋雅嫻陪董若蘭來學校附近的文具店逛逛，在這途中，董若蘭喚了聲：「雅嫻。」

「嗯？」

「那個，我不知道問妳這個好不好。」董若蘭轉了轉珠子。

「沒關係呀，儘管問吧。」宋雅嫻豪邁的說。經過這陣子的相處，她很喜歡跟董若蘭相處的模式。而且兩個人甚至可以說無話不談。

「就是，妳是不是對陳玄霖有好感呢？一點點的好感？」

宋雅嫻微微一愣，董若蘭看到她這樣的反應，以為她是不高興了，於是她緊張的說：「我只是猜測啦，如果讓妳不高興我道歉，對不起！」

宋雅嫻看到董若蘭這樣，也趕緊說：「不是啦我沒生氣，只是覺得我好像太容易被看穿了。」

「其實，現在的我，」宋雅嫻莞爾，說：「與其說是還喜歡著那個人，倒不如說已經習慣他跟她同進同出的。不想去改變現在的狀況，自己習慣就好。」

「……妳不難過嗎？」董若蘭垂下眼。

宋雅嫻莞爾，「難過又如何，當初也是自己錯過時機的。」說完她看向董若蘭，特別叮嚀：「妳不可以說出去喔。」

「放心！我不會的。其實我反而還能理解妳的感受。」董若蘭說：「不過我跟妳不一樣，我跟那個男生本身就比較有話說，我不知道我朋友喜歡他。於是之後我朋友跟他告白，她之所以被拒絕的原因其實就是因為那個男生喜歡我……」

謝亞倫這時也剛好在文具店，不過他是站在她們隔壁排的位子，也因為沒有被東西隔住聲音，所以她們的對話他便不經意地聽見了。

不過畢竟偷聽八卦不是他會做的事情，只是當他聽到聊天內容時，他的手不禁頓了一下。

花開：其實我覺得，我朋友好像也喜歡那個男生，然而那個男生似乎也喜歡她，兩個人之間好曖昧。這突如其來的變化我竟然渾然不知。

謝亞倫透過縫隙看見了她的身影，種種的巧合使他不得不往這個方向想。

花開這個人，對他而言是個特別的存在。

但是他沒有想到，跟花開很相似的女生，竟然會出現在他周遭。

「雅嫻，我要先走了！」董若蘭說：「我媽剛剛突然傳簡訊跟我說今天要出門吃飯！」

「好！明天見，掰掰！」宋雅嫻跟董若蘭分開之後，宋雅嫻則是繼續留在文具店。

宋雅嫻繞到了後方的書籍區。也就是謝亞倫剛好所在的位子，只是兩個人的距離就只差了一個櫃子。只要將書櫃上的書本挪開一點，就可以看見對方。

在宋雅嫻剛好要伸出手抽取一本書時，她突然想到：「喔對！我郵票還沒買！到時候沒有郵票就不能寫信給他了！」

郵票？謝亞倫頓了，因為他手邊的郵票也不多，剛剛聽到宋雅嫻的話才想起來。於是他也跟著宋雅嫻走向賣郵票的區域。

宋雅嫻的目光很快的停留在一朵花圖案的郵票上，她端起微笑拿了起來，而這一幕也剛好被謝亞倫看到。

謝亞倫的心微微一頓，因為花開寄過來的信上，郵票也都是一朵花的圖案，跟宋雅嫻手上拿的一模一樣。

會有這種巧合嗎？

謝亞倫沒有走過去，宋雅嫻也沒有看到他，他就這樣目送她走去櫃檯結帳。

❀

宋雅嫻跟董若蘭打算要去福利社買東西，卻看見一樓的教室外有幾個學生在外面好奇的窺探裡頭，外面還有掛一個旗子，上面寫著：占卜社試營運！

「原來學校還有創這個社團。」宋雅嫻說。董若蘭則是附和似的點頭。

這時門突然打開，裡頭的視線非常的暗，只有幾盞小夜燈是照明工具。

「你們好呀。」開門的同學微笑說：「歡迎來到占卜社參觀參觀，不要站在外面，進來看一下吧！」

「咦？」宋雅嫻跟董若蘭還沒來得及反應，就被那位同學拉進了陰暗的教室裡。

彷彿像是被拉進了不知名的世界。

「感覺好像在辦什麼儀式……」宋雅嫻小聲的說道，而董若蘭深有同感的點頭。

裡頭擺著四張桌子，中間還有一個小圓桌，上頭還有個蠟燭，而且裡頭非常的安靜，更是增添一種神祕的氣氛。

「歡迎來到占卜社，妳們是第一個進來的客人，我們可以免費幫你們占卜，看你們有在哪些方面有煩惱，歡迎詢問，我們很樂意幫你們解答。」其中一桌的同學開口說道。

「我……」只想離開這。宋雅嫻心想。

「免費占卜欸，好像不錯。」董若蘭低聲說道。

「那妳要去算嗎？」宋雅嫻問。

「既來之，則安之。反正他都說免費了，就算是唬爛的，也就將就一次，不用太當真吧。」

接著，兩個女孩坐在那張桌子面前，沒想到這套儀式做得更足，桌子的另一方竟然看不清同學的面貌，因為他們之間隔了一塊布。

這讓宋雅嫻想起了花滅，她跟花滅也像現在這樣，中間隔著一個螢幕跟信件，對方的真實情況她也不清楚，就只能透過有限的聯絡方式來進行溝通。

「同學，妳們要問什麼的問題？」另一方的同學開口問道。

家人？課業？還是……

家人的方面其實沒有問題，課業也還好，還是說，要問人際的部分？

「感情的事情！」董若蘭開口。

「感情嗎？好的。」布簾下遞出幾張牌，「請抽出一張妳們中意的卡牌，接著再透過布簾下拿給我。」

「雅嫻，妳抽吧！」董若蘭說。

「妳呢？」

「我？我沒有要占卜的意思啊，我對這個沒有很大的興致。我是幫妳問的。」董若蘭俏皮地說。

「這……」

「好了啦，就選一張嘛，而且妳不是在感情上比較需要一點指引嗎？就參考參考嘛。」

宋雅嫻詫異的看著董若蘭，這女孩的思維她有時候還真的跟不上。

她把目光轉回那些卡牌上面，每一張都有圖案，有月亮、太陽、兔子、捕夢網等等。每一張圖都非常的漂亮，使她也有點難選。

既然要問感情……她內心深處，多少也對愛情有些許的渴望。

即便總是不怎麼的勇敢。

最後她的目光放在有朵花開在枝頭上的卡牌，隨即把那張圖從布簾的縫下遞去，說：「我選這張。」

另一邊沉默了一會兒，宋雅嫻跟董若蘭互望了幾秒，接著同時看向布簾。

「妳還有一段感情還沒結束。」布簾後面傳來了聲音。

「什麼？」

「妳上輩子有一段戀情沒有結果，這輩子你們將會再次相遇，也會繼續相戀，延續前世的戀情。希望妳能好好把握。這是這張卡牌的意思。」

宋雅嫻一頭霧水的看著布簾。上輩子？有誰會知道上輩子發生什麼事情啊？

「不過那個人很快就會出現了。你們將會勾起特別的緣分。」

「那麼，要怎麼知道誰是雅嫻命中註定的那個人？」董若蘭開口問。

「放學後往公園方向走去，站在第二棵樹下那個人就是妳要找的人。」

語畢，上課鐘聲也響了起來。

「謝謝你！」董若蘭拉了宋雅嫻起來，看著宋雅嫻對於剛剛的占卜結果依舊感到茫然，她代替她向同學道謝，接著拉著她離開教室。

那兩個女孩離開之後，從頭到尾站在附近觀看的謝詩倫打開了燈，說道：「哇，重見光明的感覺真好。」

剛剛幫宋雅嫻占卜的是謝詩倫的同學，她淡定的整理好卡牌，謝詩倫見狀湊了過去，問：「剛剛妳說的是真的假的？前世的緣分妳居然也可以算到？」

「當然是真的，我嬸婆在過去可是厲害的占卜師，我或多或少也有學到她的真傳。」那名女同學說：「所以她剛剛抽到這張卡，我才會稍微要花點時間算出結果。」

謝詩倫哇了一聲，之後說：「可是我覺得那個學妹不信欸，剛剛看了她的神情。」

「隨意呀，占卜的部分只能說是輔助，不能完全準確。不過我倒是可以保證，我的占卜不曾出錯。」

「也是啦，之後這個社團如果創得很成功，一定是因為有妳的專業在。」

從黑暗的教室走出來，眼睛瞬間感受到光線，使宋雅嫻跟董若蘭都不禁瞇起眼睛。

「剛剛占卜同學說的話妳有聽進去嗎？」董若蘭問。

宋雅嫻聞言努了努嘴，說：「不用太認真啦，妳就說當參考了。」

「只是我沒有想到的是，她竟然會說到前世，說到這個，妳都不會好奇妳前世是怎樣的人、還有發生過什麼事情嗎？」

宋雅嫻思索了一陣子，說：「老實說不好奇是騙人的，但是……有誰會準確說出自己前世的狀況呢。」

董若蘭聞言聳肩，隨即也笑著說：「誰知道，不過有時候占卜是真的滿有趣的。」

❀

「放學後往公園方向走去，站在第二棵樹下那個人就是妳要找的人。」

放學走出校門的宋雅嫻的腦海突然響起在占卜社聽到的話，加上宋母剛剛還要她去公園附近那家攤販買七里香。

這會不會太巧？今天才說要去公園的樹下看看自己要找的人，結果宋母就要她去買東西，而且地點也是在公園。

她突然感到一陣毛骨悚然。

「沒事的沒事的。」平常不怎麼信邪的她，也很快的把這件事情拋在腦後。

直到走到公園，她的目光還是不知不覺往某處望去。

同樣在公園的謝亞倫的手機響了起來，他看著來電者，默默接起電話。

「亞倫啊，我記得你今天沒班對吧！」胡甚齊問道，然而還夾帶著吵鬧的音樂聲。

「你在家裡音樂關小聲一點，上次鄰居都跑來抗議了你不知道嗎？」謝亞倫略帶無奈的說。

「好啦我考慮。喔對你可不可以去買七里香回來啊？我今天聽同學說公園有一家在賣七里香的攤販，吃過的人都讚不絕口，喔對！而且還要加辣喔，麻煩你啦，我記得在三聖高中附近。」

「我知道了，我正好在公園呢。」

謝亞倫通完電話，便在某個樹下短暫停歇。

之所以會來公園，是因為有女同學想要在這裡約他見面，雖然他知道對方的目的，但還是前去赴約。

學校以謝亞倫及張子羨為兩大校園男神，只是張子羨身邊有蘇荷了，大家都目光自然而然就放在還是單身的謝亞倫身上。

「抱歉，雖然很遺憾，但是我還是要拒絕妳。」謝亞倫雖然有中央空調之稱，但對於拒絕，他也是不會為對方留面子的。

對方雖然感到難過，卻也沒有很意外。多半的女生都會打退堂鼓，當然無理取鬧的也是有。

「對了。」謝亞倫從小袋子拿出在烹飪教室收到的水果派，裡頭少說有二十個，想說要帶回去給胡甚齊當點心，但能給出去幾個就幾個。

「幫忙吃掉吧，謝謝妳。」不管對方投來莫名其妙的眼光，他硬是把水果派塞過去，接著直接走人。

宋雅嫻走進了公園，因為攤販在另一邊，所以她也會先經過占卜同學所說的樹下。

第二棵樹……宋雅嫻越接近目的地，心中的焦慮卻也越來越高。

怪了，明明就不怎麼信邪的，為什麼這回卻很想知道所謂的「那個人」到底是誰？

心中彷彿像是有所期待般，沿路上一直這樣想的宋雅嫻終於走到了目的地，映入眼簾的有三棵樹，然後就那麼剛好，只有第二棵樹下站著一個男生，不過那個人就背對著她，使她也看不清對方的樣貌。

「說不定那個人是路人呢，路人會是我上輩子的愛人，想想都覺得荒謬。」宋雅嫻自嘲。對於稍早的焦慮感到可笑。

於是她最後把想要求證的想法拋到腦後，隨即往攤販的地方奔去。連目光都沒有再看向樹下一眼。

然而站在第二棵樹下的謝亞倫收起手機，沒有看到剛剛在附近的宋雅嫻，但是他也邁開步伐，往攤販走去。

屬於七里香的香味撲鼻而來，宋雅嫻聞到味道肚子也不爭氣的發出聲響。

她邁開步伐，走向那個攤販。

「一支三十，四支一百。」老闆抬眸看了她一眼，接著如此說道。

「那我買四支。」在宋雅嫻開口說這句話時，同時也有另一個人如此說道。

她微微一愣，抬起頭也正好對上對方錯愕的神情。

「啊，這麼剛好，七里香就剛好只剩四支。」老闆翻了翻旁邊放食材的小櫃子，說道。

「咦？」宋雅嫻回過神，只見老闆失笑說：「沒辦法，今天生意太好了，大家都買一堆七里香回去呢。」

「這樣的話，那也沒辦法了。」謝亞倫微笑的說：「那就讓給學妹買吧。」

「你不是也想買嗎？」想也沒想的，這句話從她口中脫口而出。

「不了，我只是幫忙買而已。」謝亞倫微笑說：「既然只剩四支，讓給女生本來就是男生該做的事情。」

「再見。」謝亞倫輕輕地對她揮手，接著手插口袋轉身走人。

此刻開在樹上的花隨著風的吹拂也落下幾片，在她眼中，視線除了他離開的背影，也伴隨著幾片落下的花瓣。

❀

謝亞倫回到了屋內，房間內傳來了聲音：「有沒有買到七里香呀！」

「賣完了。」謝亞倫淡淡回應。

「哥！」謝詩倫探頭出來，笑嘻嘻的看著他。

「詩倫？」

「今天爸媽不在家，我一個人很無聊，就跑來這裡找你啦！」謝詩倫笑吟吟的走上前：「你應該不會趕我走吧？」

「妳也趕不走不是嗎？」謝亞倫失笑。

「喂！」

「我知道啦，我開玩笑的。」謝亞倫又笑了出來。

「欸，沒有七里香，那有帶什麼點心回來嗎？」胡甚齊走出來問道。

「有學妹們做的水果派。要吃嗎？」謝亞倫淡淡的問。

「吃啊，哪次不吃？」胡甚齊笑著調侃：「學妹的愛心太多，你也吃不完吧？」

謝亞倫聞言不語，只是從袋子裡拿出少說還有十個的水果派。

「哥，你人氣還是這麼旺啊？」謝詩倫像是想到了什麼，於是笑了出來：「雖然你之後是有收斂了些，但想到以前蘇荷給你取的綽號，我想到也還是會笑出來。」

「我在她眼裡大概就真的是Central air conditioning吧。」謝亞倫聳肩。

謝亞倫微微勾起嘴角，反正，這世界上，不盡如意的事情非常的多，他早就自己看開了。卻也把真正的自己給藏起來了。

Chapter 4

自習課顧名思義就是自習，但教室充滿了聊天的聲音，有聚在後面聊天的、有趴在桌上睡覺跟滑手機的、以及少數用功的學生，例如賴郁婷。

「同學們安靜唷。」風紀股長說道，或多或少還是有成效，同學們聞言都會收斂些。

賴郁婷努力在書本堆裡用功的模樣，讓人不好意思去打擾她，連陳玄霖要找她都被打槍。

陳玄霖搔著頭走向跟董若蘭低調聊天的宋雅嫻，他看到宋雅嫻的頭頂有著因電風扇掉落下來的棉絮，於是伸手幫她拿下：「雅嫻，妳的頭髮有棉絮。」

然而這樣的舉動，讓宋雅嫻微微怔了一下。

陳玄霖把棉絮拿給宋雅嫻看，說：「拿下來了。」

「謝謝，」宋雅嫻有點難為情，之後她又說：「不過，其實你可以直接告訴我，我自己用就好，不然這樣……郁婷會誤會的。」

陳玄霖皺起眉頭，說：「會嗎？」

不管怎樣，我們只能是朋友，其他關係都不適合。

陳玄霖之後被後方的一群人叫了過去，歡樂的交談聲總是傳到前面，宋雅嫻跟董若蘭轉過頭去，發現他們好像在玩真心話大冒險。

「要不要過去看看？」董若蘭好奇問道。

宋雅嫻搖頭，「萬一走過去莫名被瞎攪和可就麻煩了。」

董若蘭聞言笑了出來，邊點頭邊說：「有道理。」

順眼看過去，賴郁婷依舊埋首苦讀於書本堆之中。

自從高中賴郁婷開始補習之後，她跟宋雅嫻一同出遊的日子也逐漸減少。

宋雅嫻打開書包，突然摸到一個東西，像是如夢初醒般，趕緊把那個東西給拿了出來。

花滅寫給她的信是在早上她要出門的時候收到的，當下的她直接把那封信放在書包裡，直到剛剛才想起來。

董若蘭也注意到那份信封，她好奇地問：「是誰寫信給妳呀？」

宋雅嫻微微一愣，之後微笑鬆口：「是一個之前認識的網友寫信過來的。」

「現在網路這麼發達，你們沒有互相交換聯絡方式？連gmail也沒有給？」見宋雅嫻搖了兩次頭，董若蘭訝異的說：「天啊，竟然用這麼傳統的方式在聯繫？」

「對啊，而且還維持了一段時間。」宋雅嫻笑著說：「他說這樣比較神祕，維繫也比較持久。」

董若蘭聞言思索一陣，之後像是認同般點頭，說：「也是，畢竟傳信還要一段時間，不像現在網路這麼發達，訊息一秒傳過去對方就收到了。某方面來說，這樣的寫信方式不但會給人期待的感覺，而且還不會覺得膩！」

「沒錯。」宋雅嫻點頭。

「你們有沒有想過要見面呀？現在網友已經成為一個趨勢，只要時間談好也是可以出來，畢竟網友也不像社會新聞說得這麼可怕，只是要去的地方盡量選人多也比較有人潮的地方，以便安全。」

「妳說的我都知道，也有想過，不過他這個人……」宋雅嫻搖頭說：「就是神祕又保守到家的類型。」

「所以妳對這個人一無所知嗎？」

「我只知道他大我兩歲，而且居住的地方算近。不過我連他的性別都不清楚。」

董若蘭認真思索一下，之後說：「妳如果不介意的話，信封可以借我看看嗎？放心，我不是要深入讀內容，而且想要透過文字來判斷他是怎樣的人。」

「文字可以判斷喔？」宋雅嫻其實沒有很介意，於是也很乾脆的把信紙遞給董若蘭。

「可以喔。」董若蘭隨即接過，目光在紙上的文字掃了一下。

「雅嫻，我覺得……」董若蘭緩緩說：「花滅這個人，真的有很大的機率是男生。」

「真的？」

「嗯，不過這是我的猜測啦。光從不透露性別這一點，我就有猜到他很有可能是男生。」

「其實我已經不太在意他的性別了。」宋雅嫻微笑說：「而且在那一段時間，也是他願意聽我訴說，有的時候覺得沒人可以聽我說話時，我都會想到他。」

對親人也無法坦白的心事，宋雅嫻也會對花滅傾訴，久而久之，花滅這個人就占了她生命的一小部分。

「雅嫻……」陳玄霖這時走來她身畔。她聞言微微一愣的，接著抬頭看著他，卻發現他面有難色，之後支支吾吾的說：「我可以拜託妳一件事情嗎？之後我也願意無條件的幫妳做事情，看要請客還是幫妳揹書包都可以！」

「怎麼了呀？」宋雅嫻有種不祥的預感。感受到有暴風雨來臨前的情況。

「我剛剛玩真心話大冒險輸了……要玩大冒險，結果被要求要去拍照……」

「所以？」

「他們要求拍照技術要很好……雅嫻妳國中是攝影社的，所以能不能……」

宋雅嫻聞言，一股奇怪的感覺湧上心頭，她皺起眉，將陳玄霖想說卻不敢說的話接下去：「你的意思是，要我幫你拍照？」

「對。」

「可以啊，你現在站好，我幫你拍一張。」

「不是不是！模特兒不是我！是要拍別人，而且還是不認識的人。」

「什麼？偷拍？」宋雅嫻跟董若蘭異口同聲。

「呃呃，對。因為我玩真心話大冒險輸了，於是我被指定去拍一位高三的學長，好像叫……張子羨的樣子？」陳玄霖思索了那位學長的名字。

「他是誰？」宋雅嫻問。

「他是謝亞倫的同學，雅嫻妳之前也有看過他呀，就是上次我們要去烹飪教室時，妳不是差點摔倒嗎？那時除了謝亞倫，還有一位學長，他就是張子羨。」董若蘭說。

「喔！」想起來了，那位叫張子羨的學長確實長得帥，但比起謝亞倫總是笑臉迎人，張子羨給人的氣場感覺是比較高冷了些。

「可是張子羨學長有女朋友了，這樣做不好吧？」董若蘭皺眉說。

「真假……」陳玄霖聞言臉色一變。

「有女朋友也不會怎樣啦，他畢竟是校園男神之一，私藏一下他的照片不為過吧？反正我們也無法動搖他女友的位子。」後面的女同學笑嘻嘻的說，對張子羨的企圖一覽無遺。

「吳東亮老師聽說也不錯啊，要不要換他？」陳玄霖又說。

「我不要，雖然他確實也很帥，但我又不喜歡老師！」那位女同學立馬給他打槍：「別囉嗦了，願賭服輸！」

最後為了要遵守承諾，宋雅嫻跟陳玄霖，以及賴郁婷三個人一同前往張子羨的教室。

「真是的！沒事去玩那個幹什麼？」賴郁婷瞪著陳玄霖。

「雅嫻都多久沒拍照了！你真是哪提不開提哪壺。什麼不拜託雅嫻偏偏就拜託拍照……」賴郁婷還沒唸完陳玄霖，宋雅嫻見狀趕緊打住：「沒關係。」

賴郁婷這時噤聲，倒是陳玄霖疑惑的問：「怎麼了？」

眼見張子羨的教室近在眼前，三個人緊張的心情也越來越明顯。

「那個，」宋雅嫻轉頭看向他們：「我自己去就好，我們一起過去的話會太明顯。你們在這裡等我吧。」

「我陪妳去吧！畢竟這件事情也是我麻煩妳的，如果被發現我也可以解釋。」陳玄霖說。

「不用了，這件事情我想要趕快解決。」宋雅嫻瞇起眼說：「你不要忘記我這個月午餐是你包的就好。」

「沒問題！下次去妳家我也會多買一些牛奶！」陳玄霖說完像是想到了什麼，他摸著下巴說：「話說回來，我還真的很久沒去妳家了欸。」

「快上課了，你們兩個是協商好了沒？」賴郁婷開口。

「在這等著吧。」宋雅嫻轉過身子，直直往張子羨教室方向走去。

當走進教室時，宋雅嫻的心情說不緊張是騙人的。

這層樓都是高三的學長姐，不熟悉的樓層使她覺得很格格不入，令她想立刻離開。

走到教室後門，幸好他們的教室是最後一間，隔壁則是一個小穿堂。

張子羨就坐在最後一排安靜地看著書，班上有好幾位同學在位子上討論功課，不然就是聊著天。

就走過去的時候，順手拍一張就好了吧？

張子羨學長，對不起，我絕對沒有任何的企圖。宋雅嫻默默在心裡道歉著。

點開相機之後，宋雅嫻若無其事的走過去，教室裡的同學沒有幾個人看到她，幾乎都在做自己的事情。

她悄悄把畫面放大，使相機裡頭只有張子羨的身影。

然而要按下快門鍵時，突然有人抓著她的手腕，直接往旁邊的小穿堂拉過去。

「妳在幹什麼？」冷到不行的聲音從背後傳來，宋雅嫻起了雞皮疙瘩，也知道自己逃不過了，於是怯怯地回頭，但對上那個人的眼神，她從害怕轉為錯愕。

「是妳？」謝亞倫微微皺眉，雖然他的臉色有些緩和，但是他的語氣依舊冰冷：「通常這裡不會有其他年級的學生過來，妳來這裡的目的是什麼？子羨有女朋友，妳對他是有意思嗎？」謝亞倫眉頭皺得更深，他萬萬想不到眼前這個女孩子竟然會做出偷拍人這種舉動。

「不是不是！」宋雅嫻急著否認，但在一陣糾結之下還是說出原因：「是我朋友玩真心話大冒險輸了，他被要求要拍張子羨學長的照片回去。」

「那為什麼是叫妳過來拍？」

「……因為我拍照技術比較好。」

「雅嫻！」陳玄霖跟賴郁婷也出現了。他們看到謝亞倫，也愣了一下。

「是誰要求要來拍子羨的照片？」謝亞倫問。

「……我。」陳玄霖吶吶說道。

「你不會自己來拍嗎？」謝亞倫瞇起眼：「竟然叫她做這種事情？如果被發現了，你知道她會招來什麼酸言酸語嗎？」

陳玄霖沒有想到這樣的後果，於是臉色微微鐵青，慚愧的低下頭來。

「這樣吧，拿我的照片去交差吧。」

謝亞倫此話一說，眼前三個人都訝異的看向他。

上課鐘聲一打，三個人便離開現場，往教室走去。

走在最後的宋雅嫻回頭一望，謝亞倫也沒想到她會看過來，眼底閃過不明顯的訝異，只問：「還有什麼事情嗎？」

「沒有。只是想要跟你說謝謝。」宋雅嫻說。

「這沒什麼。畢竟子羨有女朋友，照片如果傳出去一定沒完沒了，我個人是沒差，希望妳那位要照片的同學可別玩得太過火了。」

看著眼前的謝亞倫跟傳聞中對每個女孩子都很好的模樣有很大的出入，使她忍不住看了他好一陣子。

「怎麼了？」

「我覺得你好像跟我聽說的樣子很不一樣。」

「不然我是什麼樣子？。」謝亞倫語帶笑意，但揮了揮手：「趕快回教室吧。」

謝亞倫直接越過她走進教室，她看向前方的賴郁婷跟陳玄霖，兩個人就站在那裡等著她。

「謝亞倫剛剛的樣子有夠可怕。」賴郁婷說：「跟我以往看到他的樣子不一樣。」

陳玄霖倒是若有所思，從頭到尾不發一語。

「你該不會在生氣吧？」賴郁婷皺眉：「別那麼玻璃喔，我覺得偷拍這回事本來就是不對了，雖、雖然我們也確實沒有想到如果這件事情處理不好，也會害到雅嫻。雅嫻，對不起。」

「沒事的。只是拿謝亞倫的照片去交差，不確定會不會過關呢。」宋雅嫻苦笑說。

「雅嫻，妳跟謝亞倫很熟嗎？」陳玄霖問。

「之前有過幾次的接觸。」宋雅嫻簡單回應道。

「我不會因為他質問的事情對他有不好的偏見，只是我覺得，謝亞倫這個人有點讓人摸不透，所以妳……」陳玄霖還沒說完，賴郁婷用力點頭，接下去說：「所以妳還是少跟他有交集比較好，聽玄霖這樣說，我也覺得謝亞倫這個人某種層面上有點可怕，都不知道他在想什麼。」

「嗯。」宋雅嫻漫不經心的回答。

從剛剛到現在，她一直都在某件事情上打轉。

明明是一個沒有太多接觸的人。

「好吧，沒有張子羨，謝亞倫也不錯啦！」回到教室之後，陳玄霖把照片傳給了那位女同學。

幸好那名女同學算好溝通，不然這樣下去沒完沒了。陳玄霖因此在心裡鬆了一口氣。

❀

「這禮拜六回來一趟，方便嗎？大伯他們要回來。」謝亞倫回到租屋處之後，馬上就收到了謝母的電話。

「抱歉，我那天還要上班。」

電話另一頭陷入沉默，半晌，謝母又開口：「工作有比家裡重要？」

「家裡有詩倫，我想應該輪不到我。」

另一頭的謝母似乎被謝亞倫這句話給激怒，她用冷到不能再冷、還帶點怒氣的語氣說：「隨便你！我打來本就不是求你回來的！」

謝母毫不猶豫的直接掛電話，通話到這裡就結束了。

然而這也是他預料之內的事情，所以毫無任何的情緒。

見謝亞倫平淡地看著手機螢幕，坐在一旁的胡甚齊突然開口：「這樣真的有比較好嗎？」

「什麼？」

胡甚齊欲言又止，最後也只是隨手揮揮：「沒事，畢竟你們家的事情我不方便多說什麼。」

謝亞倫沒有回答，僅揹上小背包，說：「我去打工了。」

走出家門的謝亞倫，這時一陣冷風吹過他身畔，使他肌膚微微起了雞皮疙瘩。

他的目光放在地上的一個點上，卻再也沒動了。

❀

「隨便你！我打來本就不是求你回來的！」

「這麼拚命是你的癖好嗎？」

「結帳！」一個笑臉盈盈的女孩映入謝亞倫的眼簾。

謝亞倫看到她，隨即瞇起眼，說：「詩倫，不是跟妳說過好幾次不要特別過來這裡嗎？」

「為什麼？我就剛好路過啊！」

「少來，明明家裡離這裡很遠。」

「哎呀有什麼關係！腿長在我身上，我想去哪就去哪！不管，結帳！」謝詩倫嘟起了嘴，指了她剛剛放在櫃檯上的茶葉蛋。

謝亞倫看到謝詩倫後面還有其他客人在等排隊，於是也只好說：「二十元。」

謝詩倫乖乖地拿出二十元，在謝亞倫把錢放進收銀機時，謝詩倫又說：「我等你下班，晚點我們去吃消夜！」

謝亞倫瞇起眼：「我下班還有兩個小時，妳沒有要回家？」

「我在學校圖書館讀書！」謝詩倫手插腰：「總之你下班之前的幾分鐘我會再來這裡，你別想開溜！」

謝詩倫說完便一蹦一跳的離開超商，謝亞倫有時候還真拿這個鬼靈精怪的妹妹無法。

晚上九點多，超商內沒什麼人潮，謝亞倫悄悄的把旁邊的小椅子拉了過來，他從背包裡拿出課本跟習題簿，打算趁這短暫的休息時間來讀點書，好應付幾天後的模擬考。

宋雅嫻走出家門，打算去附近的超商買東西止餓，在經過縣立圖書館的時候，看到從裡頭走出來的陳玄霖。

「雅嫻？」見他還穿著學校的衣服，宋雅嫻好奇問：「你都在這裡讀書？」

「嗯對啊，郁婷今天不想去補習，於是我就在這裡陪她讀書了。」

「郁婷沒有去補習嗎？」她訝異的問。

「嗯，她說壓力有點大，不太想去，所以翹課了。」陳玄霖聳肩：「看她這樣有點不捨啊，於是我也陪她在這裡。」

「那你們有要吃什麼東西嗎？我正好要去超商，要不要順便買？」宋雅嫻問。

「雅嫻？」賴郁婷也走了出來，「這麼晚了，妳怎麼出現在這？」

「還好啦，沒有說很晚。剛剛遇到陳玄霖，才知道你們在這裡。」宋雅嫻說。

賴郁婷聞言臉微微僵了一下，之後說：「嗯，是呀。想要逃離補習班所以來這裡避難一下。」

「辛苦了。」

「我想吃茶葉蛋。」賴郁婷對陳玄霖說道。

「我去買好了，我正好要去超商。」宋雅嫻說。

「那就麻煩妳了。」賴郁婷微笑說道，然而陳玄霖說：「那我要一份熱狗跟牛奶，謝啦。」

屬於便利商店的氣味撲鼻而來，緊接著是涼氣強烈的冷空氣——冷氣空調。

宋雅嫻先挑好自己要買的東西，之後走向熟食區，拿起夾子夾了熱狗跟茶葉蛋，接著往櫃檯方向走去。

此時超商內只有她一個客人，因此裡頭非常的安靜，只有空調運轉的聲音。

櫃檯的謝亞倫因為抵擋不了睡意，於是他低下頭來微微打盹，絲毫沒有注意到要結帳的宋雅嫻。

她走向櫃檯，看著低頭打盹、桌上擺著課本的人，一時之間還沒有認出這個店員其實是謝亞倫。

她用手敲了敲桌子，謝亞倫隨即醒來。他趕緊站起，說：「不好意思。我馬上為你結帳。」

「是你？」宋雅嫻這時終於認出來了。

謝亞倫也對上宋雅嫻的眼睛，他僅微微勾起嘴角，「又在這裡見面了。」

「需要電話集點嗎？」他隨後問。

「不用。」

結完帳之後，宋雅嫻站在原地看著謝亞倫，欲言又止。

想說些什麼，卻不知道該說什麼。

「有什麼事情嗎？」謝亞倫問。

「沒，沒事。」宋雅嫻趕緊搖頭，最後離開了超商。

此刻超商又恢復了只有他一個店員的空間，這間超商本就小間，又是開在住家隔壁，所以很少會有外客，基本上都是附近的住家會過來買東西而已。

經過剛剛幫宋雅嫻結帳，他睡意已經全無。他再次坐了下來，瞥見壓在書下露一角的信封，也抽了出來。

「前幾天收到她的信，到現在竟然還沒回。」謝亞倫喃喃說：「雖然很累，但也還是回一下吧，說不定她在等呢。」

很早以前，已經把所有情感捨棄的他，唯獨花開，是他會留意的少數人事物之一。

正當他拿出筆的時候，店內突然衝進一個人，他急急忙忙的對著謝亞倫說：「欸，附近有人在打架！你要不要去協助一下？」

❀

眼看謝亞倫下班時間也快到了，謝詩倫向蘇荷他們說再見之後，就前往超商的方向。

「詩倫！妳是謝詩倫對吧？」

謝詩倫聞言頓時起了雞皮疙瘩跟無奈，這樣的情形不曉得遇上了多少次。

三聖高中雖然有蘇荷這位前網美，但是其實謝詩倫的人氣也不差，追求者也是多到讓她困擾，不過她跟一般女孩子不一樣的是，她不是個柔弱型的女生，他們失算的是，從小謝家的孩子都曾經去練過跆拳道，所以基本的功夫她還是有的，只是非必要的時候不會使出來。

「我知道你要說什麼。」謝詩倫冷冷地說：「但我不想認識你。」

對方臉一僵，但也隨即端起笑臉，說：「話也別說太早吧？我們根本就還沒正式認識不是嗎？」

「我理所當然的該認識你嗎？」

「……」

謝詩倫也沒打算要耗下去，那個男生似乎受不了被謝詩倫如此洗臉，於是伸手拉著她的衣服，謝詩倫見狀驚呼：「你幹什麼？」

「死女人，自以為漂亮就這麼囂張是不是？」

謝詩倫的耐心澈底被磨光，她直接用力甩開那個人，原先以為自己可以順利脫身，殊不知對方好像也是有練過的，於是他華麗閃過謝詩倫的攻擊，下一秒他直接用手臂勾著她脖子：「妳一定想不到妳也會有今天對吧？」

「你！」謝詩倫直接大力咬下那個人的手臂，那個人吃痛地叫了一聲，此時她便趁這個空隙趕緊退開。

「妳這個瘋子！」那個人伸出拳頭要往謝詩倫揍下去，此刻有人及時出現，她抬起了右腳，直接打掉那個人的手。

那個人吃痛地跪在地上，宋雅嫻瞇起眼看著他，說：「竟然選在四下無人的地方欺負女生？你是不是男生？」

「哼。」那個男生訕笑：「沒想到妳是個俠女，長得也不錯嘛。」

宋雅嫻看向後面的謝詩倫，關心問：「妳有沒有怎樣？」

謝詩倫立刻認出宋雅嫻就是之前來到占卜社的女孩，不過現在的狀況不是給她認學妹的時候，她趕緊說：「小心！」

宋雅嫻閃過那個男生的拳頭，她直接朝他背部狠踹一腳。

那個男生澈底被惹毛，竟然就此跟宋雅嫻打起來。

然而宋雅嫻也不是個省油的燈，她總是能輕鬆閃過跟出招，不過她稍早在超商買的東西已經都掉在地上了。

謝詩倫在一旁乾著急，原先試著出手，但是卻都沒有抓到機會。

然而在電光石火之下，適時趕來現在的謝亞倫把那個人的手腕往後扳。

「你！」那個人痛得哇哇大叫，只差沒求饒了。

「給你三秒的時間，要是不離開我就直接報警。」謝亞倫冷冷說道。

也許是被謝亞倫的氣勢嚇著了，那個人像是慫了般趕緊起身，最後落荒而逃，很是狼狽。

「哥！」謝詩倫開心的挽著謝亞倫的手。接著她也看到旁邊的宋雅嫻，微笑說：「學妹，謝謝妳！」

宋雅嫻此刻是穿著便服，對於謝詩倫直接喊她學妹時，她一時感到困惑。

然而謝詩倫像是察覺到宋雅嫻的疑惑，於是她微笑解釋：「我曾經見過妳呀！妳是不是有來占卜社占卜過？」

宋雅嫻訝異的看向她，謝詩倫笑咪咪地說：「當時我就坐在我同學旁邊聽她為妳占卜啊。前兩個多禮拜，妳是否有在公園的樹下遇到妳的真命天子？妳真的有過去嗎？」

面對於謝詩倫突如其來的熱情，雖然宋雅嫻也不是內向的女孩子，但對於這樣的情況她竟然有點無法招架。

這時賴郁婷突然打來，宋雅嫻說：「抱歉，我接個電話。」

見宋雅嫻走到一旁講電話時，謝亞倫微微挑眉，問：「妳跟她有接觸過？」

「有哇，之前她有來占卜社占卜，我同學說她前世還有一段感情還沒結束。還跟她說在公園的樹下會遇到她的命定之人，不知道她最後有沒有真的去看。」謝詩倫像是想到了什麼，於是又說：「啊！那天除了是社團課，也是甚齊學長叫你買七里香回來的那一天！」

七里香？謝亞倫仔細回想那一天的情景。

確實在七里香附近有座公園，那時他剛好站在樹下，正與胡甚齊通著電話，然而沒多久，他也在七里香的攤販巧遇宋雅嫻。

不過相信命運可不是他的性格，他只是微微一笑，說：「妳們小女生會不會太迷信了。」

「哥，偶爾相信一下命運，你的人生也許就不會感到太多的痛苦了。」謝詩倫意有所指的說。

「抱歉，我身體不太舒服，所以我叫玄霖陪我回去了，東西的錢我明天會給妳。」電話另一頭的賴郁婷有氣無力的說道，宋雅嫻聞言擔心的問：「妳還好嗎？」

「還好，只是頭有點痛而已。」

「好吧，妳早點休息。」

「知道了，謝謝妳。」

通完電話的宋雅嫻轉過身子，看著謝家兄妹站在不遠處說話，只見謝亞倫一臉泰然地站著，倒是謝詩倫講話有點激動，時不時比手畫腳。

正當她走近，她卻聽到謝詩倫對謝亞倫說：「哥，偶爾相信一下命運，你的人生也許就不會感到太多的痛苦了。」

「妳是……謝亞倫的妹妹？」宋雅嫻聽到了關鍵字，略帶訝異的問。

「很奇怪嗎？」謝詩倫眨了眨眼。

「不是，只是很訝異。」宋雅嫻微微一笑。畢竟這兩兄妹氣質相差甚遠。

「妳的東西都打翻在地上了，這樣吧，我賠妳錢，等等我也會順便打掃這裡。」謝亞倫說道。

「沒事、沒關係的！」宋雅嫻趕緊說：「這沒什麼，而且我朋友也突然叫我不用買了，他們之後也會給我錢，幸好今天都沒人發生事情。至於整理，我等等自己清就好了。」

「我叫謝詩倫，今年高二，所以是妳學姐。」謝詩倫微笑說：「叫我詩倫就好。」

宋雅嫻聞言微笑點頭，之後她看向謝亞倫：「這邊我自己用就好，你應該還在上班吧？突然跑出來也不好，快回去吧。」

「沒差，反正我快下班了。」謝亞倫盯著宋雅嫻如此說道。

「妳不介意的話，等等要不要一起去吃點東西？」謝詩倫說：「算是對妳的一個小謝禮。」

謝亞倫不知何時走回超商，不過他是拿起擺在門口的掃具。

畢竟超商就在對面，雖然這裡視線不好，但至少還是可以看到超商的面貌，因此剛剛宋雅嫺的顧忌對他而言有點多此一舉了。

他走了回來，接著清理掉在地上的食物。

「我來就好！」宋雅嫺想要接過，但謝亞倫把掃把往後挪，說：「這種事情我來就可以。我看詩倫很想跟妳聊天。妳們慢慢聊吧。」

謝亞倫清理完再次走回超商，謝詩倫看著哥哥的背影，微微嘆了口氣。

三個人就坐在便利商店外的露天座椅，謝詩倫吃著關東煮，然而謝亞倫只是看著她狼吞虎嚥的樣子，涼涼地說：「今天沒跟爸媽吃啊？」

「他們之後出門去開會了。」謝詩倫搖頭。

吃著御飯糰的宋雅嫺只是默默的坐在一旁，剛剛一直被謝詩倫拉過來，結果似乎沒有什麼話題可以搭上，於是只能默默的吃下這個御飯糰。

「妳叫什麼名字？」謝詩倫好奇的問。

「宋雅嫺。」

當然這不是從宋雅嫺口中說出來的名字，她微微錯愣地看向謝亞倫，當然，謝詩倫也是如此。

「之前接觸那麼多次了，對妳的名字不陌生啊。」謝亞倫微笑說。

「話說回來，妳那天有去樹下嗎？」謝詩倫又問。

宋雅嫺微微愣了一下，之後乾笑說：「是有，但最後還是沒有很相信，所以就沒有停下來看了。」

「看吧，也是有人跟我不相信命運的。」謝亞倫訕笑說。

「欸你們兩個是怎樣！我那同學占卜可是很準的！」謝詩倫抗議說道。

「時間不早了，妳趕快回去吧。」謝亞倫看了手錶。

「知道啦！我得要在爸媽回來前回到家呢！」謝詩倫說歸說，但眼珠子轉了一圈，腦筋看似在盤算什麼。

「哥，你要不要送雅嫺回去？」謝詩倫如此說道。

看那一閃而逝的眼神，謝亞倫還能不懂這妹妹的心思嗎？

「沒關係，我自己回去沒問題的！」宋雅嫺趕緊說。

「雖然雅嫺也會一些防身，但她也還是女孩子，所以哥，你順路的話就送她回去嘛。」但是謝詩倫根本無視了宋雅嫺的話，她對謝亞倫眨了眨眼。

「也是。」謝亞倫說：「這附近其實有些地方沒有燈光，畢竟比較偏僻，還是我送妳回去吧。」

「妳會怕尷尬嗎？」謝詩倫笑著說：「放心，我哥是中央空調，很會跟女生聊天，所以妳不用擔心會尬聊！」

「謝詩倫？」謝亞倫疑惑的叫出她的名字，只見謝詩倫吐了吐舌，最後說了句再見就趕緊跑開。

「回到家一定要傳訊息給我，知道嗎？」謝亞倫朝她的背影喊著。

宋雅嫻看向謝亞倫，正好他也看了過來，只見他勾起嘴角：「走吧，我陪妳走回去吧。」

宋雅嫻知道此時大概也拒絕不了，於是她默默點頭，兩個人的身影就此在這路燈的照耀之下離開。

揹著小背包的謝亞倫雙手插著口袋，宋雅嫻雖然在學校聽聞過他的傳言，只是想到前幾天因為相機事件，使她對於他的看法就跟一般人有點不同。

「妳同學可以接受我的照片嗎？」謝亞倫突然開口。

「可以。」宋雅嫻回過神說道：「謝謝你。」

謝亞倫微微勾起嘴角，說：「這沒什麼好謝的。」

見宋雅嫻的目光一直放在他身上，使他忍不住挑眉，問：「我的臉上有什麼東西嗎？」

「啊，沒有！」宋雅嫻說：「只是覺得你人有時候好像蠻不錯的，竟然想到要送我回去。」

「妳錯了。」

宋雅嫻抬眸，在月光之下，謝亞倫那若有若無的冷冽眼神，此刻倒影在她眼眸。

「我壓根兒就不是什麼好人。我未曾對誰交付過真心，這樣的人妳還能說是好人嗎？」

宋雅嫻突然起了雞皮疙瘩，她有種感覺平日待人隨和、總是掛著笑臉的謝亞倫，只是個迎合大家的面具。

此刻站在她面前、說出這番令人匪夷所思的話的他，也許才是真正的他。

也許是見到宋雅嫺不知該如何回應的話，謝亞倫原先沒有波瀾的眼神，此刻有了變化。

不一會兒，他恢復以往的笑臉，笑著說：「妳是不是被我嚇到了？」

「什麼？」

「因為妳讓我想到一個女生，她跟妳一樣，看到我絲毫完全沒有興趣。不像一般女生想要前來向我搭訕，透過我的互動來取得喜悅感。」謝亞倫笑著說：「所以我就突然想這樣逗一下妳，看妳的反應如何。」

宋雅嫺略微錯愕，她對於眼前的謝亞倫，就只有兩個字，奇怪。

但是一路上兩個人都安靜的走著，兩個人也懷著自己的心事。

宋雅嫺覺得奇怪，謝詩倫說謝亞倫其實很好聊天，雖然在學校看到的他也是如此，但是怎麼在她面前……好像都不一樣了？

算了，反正跟他也沒有說到很熟。這樣的距離反而覺得剛剛好。

眼見她的家在前方不遠處，她看向他，說：「我家到了。」

謝亞倫望向建築物，說：「這裡就是妳家？」

「對。」宋雅嫺也看著信箱裡頭有沒有屬於她的信。結果沒有。

「妳在找什麼？」

「一個網友寫給我的信。」她看著信箱如此回應。

謝亞倫的注意力再次放在她身上，心中奇怪的異樣感就此湧上。

「妳是不是喜歡上一個有女朋友的男生？」不明所以，這句話就這樣從謝亞倫口中說出。

宋雅嫻略帶錯愕的眼神，謝亞倫不怕自己被當作壞人。

更不怕從此被她討厭。

那直言的問題，讓宋雅嫻有種被看破的感覺。

即使她否認，根本也沒有任何的意義。

因為對上謝亞倫的眼眸，一切真相跟心意都會被血淋淋地攤開。

如此可怕。

她撇過頭，心虛的樣子卻更加明顯，但是她還是說：「我不知道你在說什麼欸。」

「花開」曾經說過，她身邊有對情侶朋友，她最後喜歡的男生，跟她的好朋友在一起了。

宋雅嫻身上居然也出現一樣的經歷。

謝亞倫聽到她的回應倒也不意外，他僅是聳肩微笑，不打算繼續問下去。

「妳算是少數對我沒有興趣的女生。」謝亞倫莞爾：「我想我現在在妳心中印象很糟吧？」

「你知道就好。」宋雅嫻努了努嘴，最後在進屋前還是轉頭看向他，說：「但基本的禮貌我還是有，謝謝你陪我回來。」

宋雅嫻走進屋子後，謝亞倫看向早已關起來的大門，喃喃說：「只有面對現實，才會有走出來的勇氣吧？不過，此刻的大家，也似乎都在逃避呢。」

他不也是如此嗎？逃離了謝家，也逃避了謝家的一切。

Chapter 5

搭了有一段距離的公車，宋雅嫻下了車，熟悉的路線早已記在她腦海中。

走著走著，最後停在一家療養院門口。

「今天一樣只有妳一個呀？」在門口的護士小姐親切的說，也不忘幫宋雅嫻量體溫、噴酒精。

因為探訪不能一次太多人，於是宋父跟宋母決定宋雅君生日當天由宋雅嫻先來，其他人之後再找時間分批去探望她。

而那件事發生以來，如今已經將近兩年。

「是啊。謝謝你們這麼用心的照顧我妹妹。」宋雅嫻真誠的說。

「不會，這是我們該做的。對了，雅君的病房換去五樓了喔。」

「我知道了，謝謝。」

簡短又客套的對話結束之後，裡頭撲鼻而來的藥水味，使宋雅嫻微微皺起了鼻子。

她按下上樓鍵，電梯停在八樓，過了兩秒，才悄悄往下。

到了指定的樓層的，她打開了門，迎接她的則是一片死寂。

裡面的人沒有什麼生氣，取而代之的則是機器運作的聲音。

用機器維持生命的步調。

宋雅君靜靜地躺在床上，眼皮沉重的闔上，看著她日漸消瘦的模樣，跟宋雅嫻記憶中那恬靜、開朗的女孩子有如天壤之別。看著自己的妹妹如此陌生的模樣，宋雅嫻緊緊抿唇，彷彿是要把所有的情緒往肚子裡吞。

這裡收容生活無法自理的病患，而宋雅君則是其中之一。

宋雅君之所以會變成這樣，是來自於兩年前的車禍。

宋雅嫻時常想著，要是那一天她有陪宋雅君過馬路，那今天她唯一的妹妹是否現在就不會躺在這了？

那一天，他們一家人難得有時間可以一起出去玩，宋雅嫻看了相機裡頭的他們，不禁讚嘆：「我的好妹妹，我的拍照技術真的遠不及妳。」

「哪會，姐妳在我的教導之下拍照技術也是很好的好嗎？將來如果我無法拍照了，還有妳啊！」宋雅君笑著說。

「才不可能！妳會一直幫我們拍照的！」宋雅嫻皺眉：「妳不要突然說這種話啦。」

「是是是，我會永遠黏著我最親愛的姐姐。」宋雅君笑了出來。

一家人踏上回家的路程，在這途中，宋雅君想去對街買個冰淇淋，於是他們都在對街等著她。

這時，宋雅嫻抬起眸看向對街，宋雅君開心的拿著冰淇淋正要走過來。然而這個時候，宋雅嫻還來不及反應發生了什麼事情，一陣巨大的聲響，從此改變了宋家。

倒臥在血泊中的宋雅君緊閉雙眼、沾滿血的冰淇淋，是她記憶中最後的場景。

她永遠也忘不了。原本是個快樂出遊的日子，竟然在下一秒變了調。

救護車隨即趕到，警車也是如此。

宋雅君在要過來對街的時候，被一台超速又闖紅燈的轎車撞飛，當場昏迷，連到場的救護人員看到第一反應都是搖頭。

「要做好心理準備，患者的傷勢非常嚴重。」救護人員下了這樣的判定，宋母當場暈眩過去。

「老婆！」

「媽！」

宋雅嫻的眼皮從來沒眨過一次，她就這樣眼睜睜的看著自己最親愛的妹妹被抬上擔架，血肉模糊的樣子，使她一度想不起來宋雅君稍早活跳跳的模樣。

「宋雅君……妳開這種玩笑，真的一點都不好笑……」

「患者就算救回來，生活也無法自理了，因為她的大腦傷的太過嚴重，已經失去了大部分的功能，也就是所謂的……植物人。」當時醫生沉重的說：「要放棄急救，還是選擇繼續急救，你們家屬自己做決定吧。」

宋父痛心的把臉埋進雙手裡，一向最堅強的一家之主面對於女兒後半生的巨變感到難受及措手不及，宋母也忍不住潰堤。

而宋雅嫻此刻完全感受不到任何的知覺，她覺得她這時處在一個跟其他人完全不相干的時空裡，每個人的聲音離她好遠、好遠……

當醫生把急救同意書遞給宋母時，宋母的眼淚瞬間潰堤，沾溼了上頭的紙張。

「醫生，請問我妹妹有多大的機率會甦醒？」宋雅嫻渾身顫抖說：「多少還是有機率的吧？

我在網路上還是有看到就算病患被確診為植物人，但也還是有甦醒的一天啊！」

醫生低下頭，說：「沒錯，確實有微小的機率，我們也確實看過植物人醒來的狀況。」

「不過，通常醒來的植物人生活方面對照顧者而言卻是另一個負擔的開始，有些案例是心智年齡會倒退、有些則是會留下後遺症，畢竟植物人甦醒，不完全是痊癒，這一點，我希望你們可以好好地想清楚。」醫生說完便沉默的站在一旁。

宋母拿著筆的右手不斷顫抖，她的女兒此刻躺在裡頭，她的生死在她手上，她情何以堪？

「老婆……」宋父痛苦的閉上眼：「我們不希望孩子痛苦的掙扎。」

這時陷入了嚴重的兩難，該放棄急救、還是救起已經變成植物人的宋雅君？

不論是哪個選擇，都無法改變宋雅君的人生了。

宋雅嫻看向急救室，眼眶終於忍不住泛紅了起來。

「如果那個時候……我有陪雅君去買冰的話，會不會今天就不會發生這種事情？」宋雅嫻哽咽地問。

「雅嫻，妳不可以這樣想！」宋母語氣不穩的說。

「那個時候雅君有問我要不要跟她一起去，我怎麼可以拒絕？」宋雅嫻看著自己的手，眼淚開始落下，喃喃地說：「所以就是我害雅君變成這樣的啊……」

「不是的！我不准有人這樣想！」宋俊凱嚴肅的說：「誰也都不願意看到雅君這樣，我相信她也不想看到大家這樣！」

「可是、現在必須做出選擇，雅君她……」宋母痛哭說：「我真的不想失去這個孩子……」

宋雅嫻看向天花板，努力的想要把眼淚收回去。

她吸了吸鼻子，之後在心裡下了一個決定。

「媽，」宋雅嫻冷靜的說：「救雅君吧。」

「因為雅君會這樣……我要負一部分的責任，我相信、我相信雅君她會有那一點的機率會好起來，哪怕只有一點……」宋雅嫻又流下淚，但這次無論如何她卻再也無法止住了：「我相信那個奇蹟，我願意用我之後的時間來陪伴雅君、照顧雅君。」

「雅嫻，我說過了，雅君會這樣不是妳的錯！」宋母抓著宋雅嫻的手厲聲說道。

「是！是我！」宋雅嫻哭著說：「如果我當初沒有拒絕雅君陪她一起去買冰淇淋，就不會變成現在這樣了！」

宋母捏緊了手上的紙，她跟宋父互望一眼，從眼神之中似乎下了決定。

宋父扶起了宋母，宋母抹掉眼裡，堅強的說：「醫生，我們想試試看一次，我女兒的人生還很長，就算機率渺小……我們願意試一次。」

❀

醫院的氣氛壓得所有人痛哭失聲，誰想得到，原先是一場出遊，結果卻演變成如此。

回憶結束，宋雅嫻坐在宋雅君的床邊，看著宋雅君沉睡的臉龐，以及消瘦的身軀，莞爾說：「生日快樂，雅君。我帶了乾燥花過來，我擺在旁邊，妳眼睛睜開就會看到了。對了，爸媽過幾天才會來看妳，看來妳這幾天大概會很忙喔。」

宋雅嫻訴說著她最近的近況，說著說著，竟然也提到了謝亞倫。

「我覺得那個學長有點奇怪，表面上對誰都很客氣，但實際上對誰都有一種警戒心。」說著，她突然笑了起來：「講得好像很了解他似的。」

這時宋雅君睜開眼睛，眼球轉了一圈，卻沒有跟宋雅嫻對到過。

但是宋雅嫻知道，宋雅君其實都有在聽她說話，宋雅嫻見狀莞爾的看著她。

離開療養院，宋雅嫻仰望著晴空萬里的天空，微微瞇起眼。

往上仰望是一片湛藍的天空，但由天空往下看，形形色色的人們過著各自不同的生活，相對於就有不同的煩惱。

視線往下，她便與站在對街的人對上了眼。

她覺得命運好像把她跟他牽在一起似的。不管到哪都會遇見他。

謝亞倫緩緩走來對街，他站在宋雅嫻面前，低下頭來：「妳怎麼在這？」

接著，他看向她後方的建築物，目光微微一斂。

「據我所知，這個地方主要是收植物人跟生活無法自理的病患。我剛剛看到妳從裡面走出來，妳是探望誰嗎？」

「居然連這個都會被你看到。」宋雅嫻坦然的說：「我是看我妹的，她今天生日，我想來陪她。」

謝亞倫不語，原本她以為他會繼續問下去，結果卻出乎意料沒有。

「怎麼了？」宋雅嫻見他都不說話，於是開口詢問。

「車禍嗎？」

謝亞倫直接的問題使宋雅嫻的心微微一顫。之後她還是點頭，「嗯。」

「我哥哥之前也是出過車禍。」

謝亞倫突然的自白使她訝異了一下，她脫口而問：「還好嗎？」

「很好啊，我相信他現在一定過得非常好。」謝亞倫抬手往上指著天空：「因為他現在就在那。」

宋雅嫻不可置信的看著謝亞倫，他看到她這副模樣，不禁莞爾：「當作交換條件，妳告訴我妳妹妹的事情，我也告訴妳我哥哥的事情，剛好扯平。」

「別說什麼扯平啦……反正我就覺得什麼事情都瞞不過你，也沒必要騙你，而且這也沒什麼，就索性告訴你了。」宋雅嫻聳肩說道。

宋雅嫻跟謝亞倫坐在公車亭等著公車。他們就這樣看著熙來攘往的人跟車子。

謝亞倫看著車子，思緒也依舊回到謝英倫出意外的那一天。

「亞倫，之後謝家就靠你了。」

「哥哥不在，只剩你了。」

「滾出去！」

想到這裡，他不禁笑了聲。然而宋雅嫻也抬眸好奇地看著他。

「怎麼了？」她問。

「沒有，只是想到以前的事情。」他沉思片刻，又說：「覺得妳很堅強。」

自從謝英倫離開之後，原先氣氛低靡的謝家，更為嚴重。

在謝詩倫面前，謝家人都很有默契的不要讓她發現。

只是謝父跟謝母把當初對謝英倫的期望，直接轉移到他身上。

但是宋雅嫻卻不一樣了。

車禍的悲劇在她身上看到類似的情況，但是她跟她家人表現出來的態度卻大相徑庭。

「不堅強的話，要怎麼過日子。」宋雅嫻莞爾：「只要有一點點的希望，我是不會放棄我妹妹的。」

「那如果……」

「沒有如果。」她快速打斷，目光再次望向馬路：「我相信著我目前相信的事情。」

「是相信還是逃避？」

「……」宋雅嫻斜眼看著謝亞倫，說也奇怪，雖然謝亞倫講話很現實又機車，但是她卻覺得，在她面前的他，反而像是真實的他。

所以相對的，她對他說話有時候也不會避諱。

謝亞倫對她的態度也是一樣的道理。

「怎麼了？」謝亞倫也發現到她剛剛一直放在他身上的目光。

「我就直說了。」宋雅嫻說：「你很奇怪，非常奇怪。」

結果下一秒謝亞倫卻被逗得哈哈大笑。

「頭一次，喔不對，之前也有女生這樣說過我。」謝亞倫故作正經的說。

「誰呀？」

「前網美蘇荷，聽過嗎？」

宋雅嫻點頭。蘇荷同時也是張子羨的女朋友。

「她啊，也是少數我覺得特別的女孩。」謝亞倫說。

「你喜歡人家的意思嗎？」

「不。」謝亞倫微笑說：「我只是覺得那時候的我跟她很像。但是我相信自己對她不會有愛情。」

「很像？」

「我覺得，她跟我一樣，都不是好人。」謝亞倫又說：「但是到後面我才知道，不是好人的人，其實只有我。」

語畢，宋雅嫻尚未理解他這句話，謝亞倫便舉起了手，公車也在這時候停在他們面前。

公車上只有零星幾個人，位子非常的多。最後宋雅嫻在最後一排坐下，然而她以為謝亞倫也會坐過來，殊不知他卻選擇在第一個位子坐下。

公車緩慢行駛，她看著他的背影，此刻陽光也灑進公車內，照射在他坐的位子旁。

她轉而看向窗外，不知怎的，她突然覺得，他似乎，活得很孤獨。

由於宋雅嫻要先下車，在她走下車時，經過了謝亞倫的身旁。卻發現對方坐在位子上打盹了。

公車煞住了車，雖然力道不大，但是正在恍神的宋雅嫻沒有想到公車煞住，於是她重心不穩，她也以為她會在公車上演狗吃屎的糗劇。此刻謝亞倫睜開了雙眼，眼明手快的扶住宋雅嫻。溫暖的大手環住了她的背，屬於女孩的甜香味瞬間充斥在他鼻腔裡。

「謝、謝謝……」宋雅嫻故作鎮定的說，之後嗶卡下車。謝亞倫走在她後頭。

走下公車，兩個人漫步走著。

她看見一整片蘆葦，她不禁停下腳步一嘆：「沒想到一陣子沒來，蘆葦就長那麼高的嗎？」

她小心翼翼的走進那片蘆葦之中，謝亞倫微微一愣，在她後頭喊：「妳要去哪？」

「下去走走！」宋雅嫻興奮的說。

謝亞倫站在上方，看著在這片蘆葦之中開心遊走的她。

突然間，她給了他一個很強烈的熟悉感。

——花開。

前天已經把信給寄出去了，不知道她是否收到了沒？

雖然他直覺一直以來都算敏銳，但是對於宋雅嫻跟花開的關聯，他卻想也不敢想。

「小心走啊！」謝亞倫想也沒想的直接朝她背後喊著，只是喊完時，宋雅嫻訝異的轉過頭看向他。

連他也訝異了，他萬萬沒想到，竟然自己會開口關心這個女孩。

他撇過頭，最後不禁訕笑。

宋雅嫻也許某方面跟他妹妹謝詩倫一樣，都是會讓人擔心的孩子吧？

所以才會用對妹妹的關心語氣來對她說話。

真是奇怪，畢竟主動關心別人可不是他的個性呀。

只是等等她如果問起，他又該怎麼回答她？

感覺不論哪個答案，其實都相當的難為情。

「謝亞倫，你也下來啊！站在上面看幹嘛？」

謝亞倫微微瞇起眼，面對於即將落下的夕陽。

「快回去了，不然妳家人會擔心吧。」

「喔對，今天我媽說她要煮飯，我要回去幫忙才行！」宋雅嫻趕緊跑回來。

只是她手上拿著兩束蘆葦，放在眉毛上打趣的看著謝亞倫。

謝亞倫愣了一下，之後突然笑了聲，「什麼啊？」

他接過宋雅嫻手上的蘆葦，放在鼻子跟上嘴唇之間，接著把嘴巴嘟起。

「噗！」宋雅嫻見狀毫不留情的大笑。

謝亞倫莞爾拿下蘆葦，在這一瞬間，他意識到一件事。

說也奇怪，跟宋雅嫻才認識沒有很久，他卻能在她面前卸下一直在外人面前的偽裝，連室友胡甚齊都不見得看過他真實的模樣了。

在她面前，他說話也不會再特意包裝，想說什麼就說什麼。

「我該拿出手機把你這個模樣拍下來！」宋雅嫻喜孜孜的拿出手機開啟鏡頭對準他。

「那妳可要把我拍好看一點呀，好歹我也是校園男神。」謝亞倫臭屁的說。

「哼，我就是要故意拍醜，把你的真面目上傳到網路上，讓大家看看原來男神還有這一面！」

這一面。謝亞倫微微頓了一下，之後失笑。

「也好。」

❀

便利商店的門一打開，一名穿著貴氣的婦女走了進來，她的氣質跟便利商店很是違和。

而且，她一進來就直接往櫃檯走去，從剛剛就坐在櫃檯前看書的謝亞倫意識到有人走近，於是抬眸看向來者。

「談一下吧。」那名女人冰冷地說，語氣略帶命令。

「媽。」謝亞倫的聲音也不帶起伏，「我在上班。」

謝母雙手抱胸，冷哼一聲：「你以為你這樣說，我就無法拿你怎樣嗎？我來之前已經有打電話跟你店長打過招呼了，所以，出來吧。」謝母說完便直接走出超商。

謝亞倫盯著母親的背影，他其實連胡甚齊都沒有說在哪裡上班，因為知道如果謝母想要找他，一定會先找上胡甚齊，為了不拖累他，他索性誰都不說，但沒想到竟然還是被發現了。

謝母坐在超商外的露天座位，悠悠地抽著菸。

還穿著超商制服的謝亞倫走了出來，最後坐在她的對面。

「別再做了，真丟人現眼。」謝母吐了一口菸：「週末記得回來，知道吧？」

「不是說不歡迎我嗎？」

「是啊。」最後謝母把菸捻熄，說：「但最疼你的大伯父想要看你，就將就一下吧，不然，我就把你在這裡打工事情告訴你爸，你應該很了解他的脾氣，到時候，你在這裡會沒有一天會是安寧的。讓你跟甚齊那孩子一起住，已經是最大的讓步了。」

「我知道了。」謝亞倫站起身，看著母親卻毫無任何感情的說：「我立刻、馬上就去寫辭職信。我再看妳跟爸拿什麼威脅我。」

謝母聞言，額頭青筋便浮了出來，她把菸蒂直接往謝亞倫身上丟，「臭小子，你就是跟你哥非常的不一樣，如此的頑劣！」

「知道啦，我會買回去啦。」宋雅嫻拿著手機，不耐的對著電話另一頭的宋俊凱說道。

走近超商時，宋雅嫻微微頓了一下，因為她看到謝亞倫跟一個抽著菸的女人坐在露天位子上，然而謝亞倫略帶嚴肅的表情，就這樣映入她眼簾。

兩個人交談的聲音也越來越大，甚至可以說是到快要爭吵的地步了。

「我立刻、馬上就去寫辭職信。我再看妳跟爸拿什麼威脅我。」謝亞倫冷冷的說，這是她至今從他口中聽過最冰冷的語調。

只見那個女人把菸蒂往他身上丟，宋雅嫻見狀不禁看傻了。

隨後，那個女人頭也不回地直接離開，謝亞倫也走進了超商。

謝亞倫……似乎不像表面上看到的如此光鮮亮麗。

❀

回到超商的謝亞倫說到做到，他花了十塊錢買下辭呈，過了沒多久，他走到儲藏室把辭呈遞給了店長。

「亞倫你……」店長似乎了然於心，說：「是你媽媽的意思吧？」

「不是，是我自己想離開的。」謝亞倫脫下制服，便整齊摺好放在旁邊的置物櫃上，微微鞠躬：「謝謝店長這陣子以來的照顧。」

他轉身直接離開超商，毫無留戀。

一旁的宋雅嫻見謝亞倫走了出來，於是趕緊躲在一旁的柱子，以免被他發現。

夜風微涼，謝亞倫雖然離開了超商，但也沒有馬上回家。

他雙手插在口袋，漫步走著，然而他不知道，距離他後方十公尺左右，跟了一個宋雅嫻。

此刻冰冷的液體打在他鼻尖上，他仰頭望向滿天的星空，理論上來說應該是好天氣，結果卻下起雨來。

雨勢似乎有越來越大的趨勢，謝亞倫並非沒有要躲雨的打算，而是露出了微笑，且張開雙手，享受著這場雨的洗禮。

父母親冰冷的眼神他早已習慣，只是在面對的時候，還是不免表現出抗拒的模樣。

他哪能不明白，要是他繼續在超商打工，他的母親一定有辦法讓他離開。

那倒不如直接自己離開。

只是這樣，工作又要重新找了。

他睜開雙眼的同時，一把傘罩在他的頭頂上，替他擋下了這場冰冷至極的雨。

宋雅嫻雙手都撐著傘，右手的傘是為自己擋雨，而左手的部分……則是為他遮去了這場雨。

女孩清澈的眼眸，竟然使他忘神地看著她。

已經捨去所有情感，也早已對所謂的七情六慾感到麻痺的他，眼前的她竟然使他以為死亡的心，再度跳動。

「拿去撐吧！」宋雅嫻半帶催促的開口：「幸好我包包有兩支傘，不然就不夠撐了。」

幸好宋俊凱這個迷糊大王不小心把他自己的傘放在她的隨身包裡，所以她才有兩支傘可以用。

謝亞倫訕笑：「什麼啊，在這裡也可以遇到妳。」

宋雅嫻抿唇，說：「我也很疑惑為什麼在這裡會遇見你，不知道的人還以為是哪個傻瓜，淋雨淋得倒是挺開心的呢。」

謝亞倫哈哈大笑，之後正色說：「對了，我已經辭職了，以後我就不在那間超商工作了。」

「那，你還有要找打工嗎？」

「會吧，不然我會沒錢吃飯呢。」謝亞倫故作輕鬆地說。

「……是喔？」

此刻雨勢越來越小，最後在兩個人沉默之中逐漸停止。

謝亞倫看了看天空，最後接過宋雅嫻的傘，細心地把傘給摺好收了起來。

這樣的舉動使宋雅嫻感到出乎意料之外。

「謝謝妳。」謝亞倫微笑的把傘還給她，接著轉身離開，但轉身之際卻說：「建議妳下次看到我的時候，還是閃遠一點比較好。」

宋雅嫻看著他的背影離開，卻沒有開口，也沒有追上他。

怎麼感覺……自己好像會因為他會墜入一種，未知的深淵？

儘管周遭的朋友都叫她可別認真了，只因為謝亞倫在學校的形象是人見人愛、親和力極高的校草。

但是在她眼裡，她所看到的，卻是極力隱藏一切的表現、面具底下滿腹祕密的他。

❀

「雅嫻！」陳玄霖笑嘻嘻地出現在宋雅嫻眼前，說：「好久沒一起搭公車了。」

「你都陪郁婷去上學了呀。」她挑眉：「週末有沒有跟她去約會？」

「沒有，她都在家讀書，畢竟快要段考了。」

宋雅嫻則是點頭。

「不過呀，最近有新開的商場，要不要找時間一起去逛？」陳玄霖問：「董若蘭喜歡逛街嗎？」

「應該喜歡吧，可以邀她看看。」

「嗯……」陳玄霖則是思索：「不過我記得郁婷她很討厭逛街。」

「還是問一下她吧。」

「應該是不用，我可是很了解她的，到時候問說不定會被她吐槽不夠懂她。何況我是跟你們出去，她不會怎樣的吧！」

「但是還是跟郁婷說一下吧。」宋雅嫻說。陳玄霖有時候腦袋就是非常的直，直到有時候可以用鋼鐵直男這個稱號了。

此時公車來了，兩人一如往常的坐上公車，一如往常的人擠人。

「雅嫻！這！」陳玄霖占到雙人座，開心的朝宋雅嫻揮手。

宋雅嫻見狀微笑搖頭，但昨天也因為晚睡，所以現在還是有點睏意，既然難得有位子可以坐著休息，她何嘗不坐。

正當她坐下之後開始閉目養神之際，耳邊傳來陳玄霖的聲音：「好久沒跟妳坐公車了。」

宋雅嫻眼睛沒有睜開，不過她嘴巴開口：「可別老是說些奇怪的話，我也是女孩子。」

「什麼？我知道妳是女孩子呀，但我們同時也是認識多年的朋友對吧。」

朋友。她微微勾起嘴角。

「嗯。」但是她不想在這個話題打轉，於是她微微撇過頭。

「不過。」

宋雅嫻見陳玄霖只說了句不過卻沒下文，使她忍不住睜開眼，映入眼簾的卻是他猶豫不決的樣子。

「你要說什麼？」

「我直說了喔。」

「說啊。」

「妳昨天怎麼跟謝亞倫一起撐傘？」

宋雅嫻聞言心猛然一揪，眼睛睜得非常的大。

「昨天跟我爸出去買東西的時候，我有看到你們兩個。」他歪頭：「你們怎麼變那麼熟了？」

「呃……」對於謝亞倫的事情她瞬間感到一言難盡，在公車上也不好多說，於是她僅回：「巧合。」

進到教室之後，賴郁婷早已坐在位子上看書，陳玄霖見狀直接走過去陪她，而宋雅嫻看到董若蘭坐在位子上不知道在忙什麼，於是她放下書包，走到她位子旁。

「早安呀，雅嫻。」董若蘭露出溫和的笑容。

「早啊。」宋雅嫻坐在她前方的空位，看著董若蘭在串珠子，於是好奇問：「妳在做手工藝嗎？」

「對呀，在網路上看到有人做很多漂亮的串珠手鏈，就去買了材料自己玩。」她拿出了幾條成品，不好意思的吐舌說：「只是功夫似乎不到家。」

宋雅嫻接過，看了看手鏈，說：「哪會，我覺得很漂亮。」

董若蘭笑了聲，之後說：「雅嫻，我材料其實買很多，要不然，我們一起做如何？」

「我嗎？」

「嗯。」董若蘭點頭，「看妳想要做給誰，還是做給自己也可以呀。」

看著琳瑯滿目的裝飾，她在其中一區裡頭看到了用小珠子做成小花兒的裝飾。

「那妳教我做吧。」宋雅嫻笑說：「畢竟我手很拙，做出來可能會很奇怪。」

她想做出一個手鏈，送給未曾謀面的花滅。

Chapter 6

今日中午，董若蘭邀宋雅嫻陪她一起去烹飪教室做點小點心，這段時間相處下來，宋雅嫻發現董若蘭手藝非常好，做出來的餅乾都很可口。

「妳將來有沒有考慮過開一家蛋糕店？」宋雅嫻問。

董若蘭聞言則是靦腆地說：「雅嫻妳也太看得起我了。」

「啊！裡面那位好像是亞倫學長。」董若蘭又說。

聽到謝亞倫的名字，宋雅嫻不禁微微頓了下。

「學長好。」董若蘭對著裡頭的謝亞倫點頭致意。

宋雅嫻也微笑點頭，一向情緒容易外露的她，正在努力地壓下昨天的尷尬感，故作輕鬆。

「雅嫻，妳的表情很好笑妳知道嗎？」謝亞倫倒是一如往常，笑著戳破她的心思。

宋雅嫻沒好氣的瞪著他，嘴巴動的比腦筋快，在她回過神之前，嘴裡就已經說出：「還不是你昨天那麼奇怪！」

董若蘭一臉疑惑，像是一旁正在準備吃瓜的觀眾。

「昨天的事情我已經忘了耶，我們有遇見嗎？」謝亞倫裝傻得倒是很澈底。

「……」宋雅嫻被堵得沒話說，於是她轉頭望向董若蘭，問：「若蘭，妳說妳的食材放在哪？」

「在講台旁邊的冰箱。」

「我們過去拿吧。」

把食材拿出來放在桌上之後，董若蘭開始著手整理，宋雅嫻則是去拿器具。只是走去講台旁的櫃子拿器具的同時，她也聞到了咖啡的香氣。

「要喝嗎？」謝亞倫問。

「你泡的？」她頓時覺得她好像在問廢話。

「好香！」董若蘭笑吟吟的接過咖啡杯。三個人坐在長桌前品嚐咖啡。

「沒想到你會泡咖啡。」宋雅嫻看著坐在對面的謝亞倫。

「妳不知道的事情可多了。」謝亞倫倒是笑吟吟的回應。

「學長泡的咖啡滿香的呢。」董若蘭微笑說。

「那是烹飪老師會挑咖啡。」謝亞倫說。

宋雅嫻這時也收到班導的簡訊，說有作業要麻煩她處理一下，因為她是班導的小老師。

「抱歉。」宋雅嫻跟謝亞倫異口同聲的說。接著互望一眼。

「若蘭，班導找我，我先過去一下。」宋雅嫻滿臉歉意的說。

「沒關係，妳去吧！」董若蘭不以為意的說。

「我也是想到有事情要先去處理，所以可能要先離開一下下。」謝亞倫也突然想起他泡好的咖啡還沒拿去給班導品嚐。

「我一個人可以的！」董若蘭挽起袖子。

「我會盡快趕回來的。」宋雅嫻說。

宋雅嫻跟謝亞倫離開之後，董若蘭莞爾地說：「好，我要開始努力奮鬥了！」

胡甚齊今天沒有課，於是回母校三聖高中走走，他先繞去找他們的班導吳東亮，果不其然，吳東亮正坐在導師室裡改作業。

「今天怎麼有空回來？」吳東亮挑眉。

「今天就沒課，想到就回來嚕。」胡甚齊笑著說。

❀

董若蘭正在努力用電動打蛋器打發蛋白，此刻空盪盪的烹飪教室只剩她一個，咖啡香依舊環繞在這間教室之中。

這時有人敲了敲窗戶，董若蘭抬眸一看，一個墨綠色挑染的男生走了進來。

「請問……你有什麼事情嗎？還是你有要找誰？」董若蘭微微感到不安。

「妳呀。」那個男生笑了開來，藏在他舌頭裡的舌環在陽光的照射之下若隱若現。

「我？」董若蘭皺眉：「我們認識嗎？」

「妳不認識我，但我認識妳。」他走上前，她則是微微地往後退。

「我知道妳，妳近距離看也挺漂亮的呢。」那名男生羞澀地說：「其實我……已經注意妳有好一段時間了。趁現在這裡都沒有什麼人，所以我才敢鼓起勇氣進來找妳。」

董若蘭什麼話都沒有說，僅是乾笑著。

「我、我要去趟洗手間。」董若蘭說完趕緊要逃跑，但是對方卻先一步抓住了她的手。

「若蘭！我沒惡意，真的。」對方急忙說：「我很喜歡妳，妳可不可以給我一個機會？我保證，我會對妳非常的好！」

「你放開！」董若蘭感到非常害怕，偏偏這裡卻很少學生會經過，何況這時又是午休。再不逃的話，她不敢想像接下來會發生什麼事情……

此時胡甚齊勾起微笑，走向了他待了兩年的社團，烹飪社。

其實他在烹飪社有一段青春的故事跟回憶。

他高一的時候暗戀同桌的女孩，跟著她進了烹飪社，也成功追到對方過，但戀情不了了之，因為個性問題一個月就分手。隨後高二分組分班，那個女生也轉班了，社團也換了。

不過胡甚齊倒是意外地在烹飪社玩出了興趣，於是也就這樣待了下來。

敘完舊的他決定回去烹飪社走走看看，不料走到樓梯口時，卻聽到了從烹飪教室傳出來的叫聲。

「救命！救命！」

「若蘭，拜託妳好嗎？」

「我不要！」

胡甚齊聞言趕緊跑過去。希望可別出大事啊！他心想。

❀

處理完班導交代的事情之後，宋雅嫻走出導師室，伸展了一下四肢。卻看到附近的謝亞倫。

他趴在陽台上，一直看著天空。

「出來了？」他眼角餘光看見她走近，如此問道。

「嗯。若蘭在等我，要趕快回去才行。」她見他一直看著天空，於是問：「你在看什麼？」

「天空。」他終於轉過身子，挑眉說：「在想我哥過得好不好。」

「……」

「宋雅嫻。」

「嗯？」

「一般而言，是不是都會希望自己重視的人可以過得幸福？」

宋雅嫻雖然不解為何謝亞倫要突然問這個問題，但還是回答：「當然啊。」

「那妳覺得，妳妹妹現在過得好嗎？」

此問題像是一根刺一般，輕輕的扎在她心頭上。

扎在她最敏感的位子上。

「痛苦地活下去，還是痛快地離開。」謝亞倫挑眉：「不覺得這個問題有時候很兩難嗎？最麻煩的一點是，這兩個觀點卻沒有所謂的對錯。」

「我哥是痛快的離開，我爸當時叫醫生別救他了。」謝亞倫又說。

宋雅嫻微微一頓，也想起之前她在超商外頭，謝亞倫的媽媽是如何對待他的。

也許他家裡的環境不是她可以想像的，原先對他的不滿，卻也因此消散了一大半。

「……我何嘗不希望雅君過得好。」宋雅嫻喃喃的說：「坦白說，看到她動也不能動的樣子，我也會很迷惘，覺得讓她這樣是最好的嗎？可是同時，我們也保持著所謂的希望，這兩個想法……確實也常在我心中打架，且永遠也沒有結果。」

從未對其他人訴說的心事，包括花滅，此刻卻在謝亞倫面前坦露出來。

「有時候，活在這個世界上，是一件很辛苦的事情。」謝亞倫望著天空，說：「很多事情無法自己決定、無法照著自己的心意去走。」

「我不覺得。」宋雅嫻微笑說：「也許我本身就比較樂觀，不過有時候事情跟生活真的會像你說的，無法照自己的心意去走，但也不完全是壞事。」

「是嗎？」謝亞倫挑眉，之後有意無意的說：「那妳幹嘛不去告白？」

「告白？」

「妳不是喜歡那個男生？」

「謝亞倫！」宋雅嫻有些惱火，有些原本不想說的話也說了出來：「那你呢？為何不說你不打工的理由是因為你媽來找你？」

此話一開口，謝亞倫訝異的眼眸瞬間對上了她。

「所以，」謝亞倫淡淡的問：「妳看到了？」

既然瞞不過，倒不如直接坦承。

「嗯，不過我不是故意的。而且其實你們那時候的交談聲很大聲。」宋雅嫻左顧右盼，藉以這個動作來掩飾尷尬。

「真是的，怎麼感覺每次都會被妳撞見。」謝亞倫失笑。

「不知道，命運吧。」

他們同時看向天空，卻也逐漸開始相信於命運的巧合。

總覺得他們之間，似乎緣分越來越深了。

「走吧，若蘭還在等呢。」宋雅嫻率先走上樓梯。

❀

董若蘭的力氣根本敵不過眼前的挑染男子，她無助地喊救命、心中一直盼望有人可以經過。

「若蘭！我沒那麼可怕，相信我，不要這麼怕我好嗎？」他懇求著，卻也不願放開她。

這時有人用力地推開那個男生，那個男生反應不及，直接跌坐在地。

胡甚齊擋在董若蘭面前，他微微撇過頭，問：「妳沒事吧？」

董若蘭趕緊搖頭，眼底浮現淡淡的淚光。

當時他看到教室裡頭的董若蘭跟一個男同學拉拉扯扯，他趕緊衝進去替她解圍。

「該死！你誰呀！」那個男生站起身，眼底浮現熊熊怒火。

他上前拉住胡甚齊的衣襟，然而胡甚齊也不是好惹的，他咬牙切齒的對那個男同學說：「就憑你也想跟我打？」

「來啊，怕你啊！」那個男同學先是出拳，胡甚齊恰巧閃過，沒多久兩個人直接扭打成一團。

在一旁的董若蘭嚇得直接哭出來，她縮在一旁，很是無助……

走上樓梯的兩人聽到烹飪教室傳出吵雜的聲音，宋雅嫻跟謝亞倫互望一眼，她問：「這聲音……怎麼好像是東西掉下來的聲音？」

「若蘭！」宋雅嫻說完趕緊奔向烹飪教室。

那個男生把胡甚齊壓制在牆上，他促狹的笑出聲：「英雄救美，沒想到功夫也才這樣。」

他倏地放開胡甚齊，往董若蘭方向走去，粗魯地把她拉起來，厲聲說：「跟我走！我已經沒耐心了！」

「不要！」董若蘭開始胡亂用指甲劃抓他的手。

「妳！」那個男生原本掄起拳頭要揍下去，宋雅嫻這時適時趕到，她二話不說，直接往那個男生的腰踹下去。

那個男生反應不及，直接撞倒在一旁放置麵粉的櫃子。

「瘋子！」宋雅嫻罵了一聲，之後趕緊扶起董若蘭，擔心問：「怎麼了？妳有沒有怎樣？」

「雅嫻！」董若蘭抱著宋雅嫻不斷哭泣，顯然嚇壞了。

那個男生這時抓起一包麵粉，原先趁宋雅嫻不注意時要往她身上砸，胡甚齊這時趕緊喊：

「妳們小心！」

宋雅嫻轉過身子，眼見那個男生面露猙獰、用力地將那袋麵粉往她身上丟。

她將董若蘭推開，同時也有個人抱住了她，麵粉袋啪的一聲應聲破裂。

宋雅嫻緩緩睜開雙眼，看著護住她的人，她不禁一愣。

謝亞倫咬牙護著她，所以那袋麵粉紮紮實實的砸在他背上。麵粉也這樣散落一地。

那個男生見苗頭不對，原本想要直接逃跑，卻在門口時被胡甚齊給抓住。

「讓開啦！」那名男同學掙扎著。但未果。

宋雅嫻回過神來，趕緊關心眼前滿身麵粉的謝亞倫：「你有沒有怎樣？」

「這句話應該是我要問妳。」

「不是啊，怎麼會是你反過來關心我的問題啦！」宋雅嫻急得快哭出來了。

「你們在幹什麼？」這時教官趕了過來，看到眼前的狀況，不禁厲聲說道。

「別哭，我沒有怎樣，也不會怎樣。」謝亞倫用只有她聽得到的聲音低聲說道。

最後在場的人都進了一趟教官室，知道了來龍去脈之後，那名男同學立刻被記了一個大過，並且通報家長來學校。

「別啊教官……我只是、只是……」那名男同學嚇得臉差點歪掉，只差沒跪下對教官求情了。

「只是什麼？你要做這種事情之前本來就要想到後果了吧！」宋雅嫻皺眉說道，然而董若蘭從剛剛就一直勾著宋雅嫻的手臂，顯然受到非常大的驚嚇。

「妳這個！」那名男同學立刻站起身，謝亞倫見狀要上前擋著，教官用力地用手拍桌，吼道：「你幹什麼？」

那名男同學瑟縮了一下，之後乖乖地站在原地。

但因為現在是上課時間，教官先讓他們離開。

胡甚齊看向董若蘭，關心問：「妳叫若蘭是吧？妳還好吧？身體有沒有哪裡不舒服？」

「沒事！我沒事！」董若蘭看向謝亞倫，說：「我是覺得學長可能要去保健室一趟。」

「不用了。」謝亞倫直接拒絕。

胡甚齊走到他身後，輕拍了一下他的背。果不其然，謝亞倫的反應表現出不明顯的痛楚。

「逞什麼強。」胡甚齊微微嘆口氣，說：「去保健室吧，我跟你去。」

「不用了，這沒什麼的。」

早就知道這個脾氣硬得跟磚塊一樣的謝亞倫會拒絕，胡甚齊可是有備而來的。

「可以，我下課就去找詩倫。我不信派她出馬你還不去？」胡甚齊故意說道。

謝亞倫瞇起眼看向胡甚齊，果然是鄰居兼室友，連他的弱點都知道得一清二楚。

最後胡甚齊陪謝亞倫去保健室，宋雅嫻就陪著董若蘭回教室。

宋雅嫻滿腦子都是剛剛那混亂的情況，尤其是……謝亞倫為她擋下麵粉袋的那一刻。

一旁的董若蘭看出了好友的心思，她輕輕拉了宋雅嫻的袖子。

宋雅嫻停下，問：「怎麼了？」

董若蘭莞爾，說：「妳很擔心學長吧？」

宋雅嫻頓了一會兒，最後緩緩點頭。

「妳過去找他吧，老師那邊我會幫妳說的。」董若蘭微笑說。

「不用啦，我還是回教室吧。」

「這堂課妳覺得妳會專心上課嗎？」董若蘭失笑：「說實在的，我也不想回去上課，但是我覺得妳的心思大概也飄更遠了。妳擔心的話，現在就過去吧。」

宋雅嫻在原地掙扎了一會兒，最後退了一步，問：「若蘭，妳一個人回去沒問題嗎？」

「沒問題，教室就在前面而已。」董若蘭微笑說：「去吧，我沒事的，這一點距離我不會出事的啦。」

「那就麻煩妳了。」

「去吧。」

「衣服都沾到麵粉了。」胡甚齊皺眉說。

「我制服裡面還有穿一件。」

「那件是吊嘎，你要這樣穿出去嗎？」

在窗戶旁的宋雅嫻無意間聽到了謝亞倫跟胡甚齊的對話，所幸有窗簾擋著，因此他們根本不知道她早已來到了保健室。

穿著黑色吊嘎的謝亞倫此刻背對著她，然而胡甚齊也沒有看到她。

「所以你現在怎麼辦，週末該回去吧？」胡甚齊問。

「不回。」

「阿姨都找來租屋處了，我想罩你也罩不了。」

「無所謂，就算你罩我，她也不會相信。」謝亞倫躺了下來，閉起眼睛說：「她只相信她自己。」

胡甚齊搔著頭，說：「辛苦你了。」同時，他的手機也響了起來，於是也走到一旁接電話。

過了一會兒，胡甚齊說：「我要走了。跟同學要討論報告的時間到了，真是，回來母校看看就遇到這麼棘手的場面。」

「你高中生活聽起來就很單純。」

「嗯，除了那幾段戀情，倒是都很單純。」胡甚齊摸了下巴，說：「但是我上大學就單身到現在了。我保證，如果這時又遇到讓我心動的女孩子，我這回可定下來了。」

「趕快去討論報告。」

「那你怎麼辦？」
「反正這節自修，我在這裡睡一節吧。」
「好吧。」
在胡甚齊走出來的前一刻，宋雅嫻早已躲到一旁。
謝亞倫側躺在床上，他看著一旁的牆，腦海依舊浮現出剛剛在烹飪教室的畫面。
看到宋雅嫻陷入危險，他想也不想直接衝上去擋，就是不希望她受傷。
原本以為自己不會有這樣的作為的。
除了謝詩倫是他願意以誠相待的妹妹，再來就是胡甚齊跟張子羨。
父母之間其實沒有愛，而是因為利益而結婚。
有對不懂愛的父母，如何教育孩子愛？
所以他也不懂愛。
宋雅嫻踏進保健室，見謝亞倫背對著她，然而他背上除了一片紅腫，竟然還有幾條淡淡的疤痕。她見狀愣了一下，同時心中也開始有了她說不上來的不知名情緒。
「妳怎麼會來？」背對她的謝亞倫突然出了聲。
宋雅嫻像是心虛般的顫了一下，明明他連身體都沒有轉過來，怎麼知道後方有人，莫非，他背後有眼睛？
謝亞倫終於轉過身子，看到她就站在他後方，卻也不顯得意外。

「我……」宋雅嫻趕緊說：「不想上課才過來這裡的，何況……你也為了我擋下那袋麵粉，我沒過來關心一下你，感覺也說不過去。冷血跟忘恩負義才不是我的性格！」

謝亞倫笑了聲，便直接坐起身子。

「剛剛聽到腳步聲，我就有猜到是妳了。」謝亞倫微笑說道。

「……你那是什麼可怕的直覺。」

「同學。」護士阿姨走了過來，滿臉歉意的說：「同學，妳個子比較高，可不可以幫阿姨拿一下櫃子的東西？」

護士阿姨身形嬌小，看起來頂多只有一五〇。她一臉無奈的說：「另一位護士小姐總是把重要文件放得那麼上面，我每次都要踩凳子上去拿呢。」

「沒問題，我來吧。」宋雅嫻莞爾。

「那就麻煩妳了，上面左邊數來第三個，就是我要的文件。我先去廁所一下。」

「好。」

雖然宋雅嫻身高有一六四，但是她伸手拿，還是需要踮起腳尖，拿到那份文件還是需要花費一些心力。

這時，她覺得她的頭頂瞬間暗了下來，一股清香也灌入了她的鼻腔。

「左邊數來第三個。」謝亞倫則是輕鬆地就拿到了文件，根本不用踮起腳尖。

如此曖昧的距離使宋雅嫻微微的亂了套。這也讓她很訝異，為什麼自己會突然產生那股，不明所以的情愫。

謝亞倫把文件放在桌上，見宋雅嫻還站在原地，不禁又走上前，「妳怎麼了？不舒服嗎？」

宋雅嫻轉過身子，語帶生硬地說：「沒事。」

謝亞倫挑眉，「還是對於剛剛的情況驚魂未定？」

「雅嫻！」

宋雅嫻這時才澈底的回過神來，發現陳玄霖跟賴郁婷，還有董若蘭都站在門口。

「你們怎麼會過來？」宋雅嫻脫口而出。

「因為下課了。」陳玄霖跟賴郁婷立刻走到他們之間，賴郁婷說：「若蘭說妳在保健室，所以我們下課就馬上過來了，只是……」她便看向了一旁的謝亞倫。

「放心，她沒事。」謝亞倫拾起他放在一旁的制服，微笑說：「我先走了。」

見謝亞倫直接轉身離開，宋雅嫻的目光卻也一直跟著他，久久無法回神。

然而這一幕卻也被三位好友看在眼裡。

「雅嫻。」走在回教室的路上，賴郁婷率先叫住了她。

宋雅嫻聞聲回頭，情侶檔互望一眼，之後陳玄霖便開口：「雅嫻，剛剛為什麼妳跟謝亞倫會在保健室。」

董若蘭微微低下頭，說：「其實……是我引起的。」

聽聞來龍去脈之後，在場的人都沉默一陣，最後賴郁婷打破沉默：「幸好妳沒事，不然那個男生就準備被毆打吧。」

「只是，我還真沒有想到妳跟謝亞倫竟然……」陳玄霖不可置信的說。

「雅嫻，其實我跟郁婷……」陳玄霖跟賴郁婷交換了臉色，最後由賴郁婷開口：「雖然我是希望……妳可以交到好的對象，不過謝亞倫他……我是怕妳難過啦。」

宋雅嫻歪頭：「你們為什麼對他評價那麼差？」

「我不喜歡這麼浪的男生。我覺得他不知道何謂為愛跟喜歡。」賴郁婷說。

宋雅嫻抿了抿唇，其實一開始，她對謝亞倫的看法跟賴郁婷他們一樣，只是經過這段時間的相處，雖然他不曾鬆口多說有關他的事情，但是她知道，在學校的樣子只是表面而已。

「雅嫻！我們說的話要聽啊！」見宋雅嫻直直往前走，陳玄霖則是趕快一邊跟上一邊說道。

❀

宋雅嫻放學在圖書館溫習功課，看著上頭某道數學題困惑了好久，正當她打算放棄時，身旁有個聲音傳來：「這題確實不好解，因為算式很多。」

宋雅嫻抬起眼，正好跟謝亞倫對上了眼。

「是你呀？」她還在煩惱這題解不出來要找誰才好呢，「所以你會嗎？」

「會呀。」

宋雅嫻將她手中的筆給遞了過去，只是謝亞倫看到那支筆時，他的目光不禁一愣。

「怎麼了？」宋雅嫻問。

這支筆，居然跟他之前送給花開的筆一模一樣，之所以會送筆，是因為聽說花開的生日到了，他不知道可以送什麼，想說她是學生，所以就送了那支筆。

「啊！」宋雅嫻突然叫了聲，謝亞倫回過神，眼看手中的那支筆即將掉在地上，他趕緊彎下腰接住。

「幸好……」宋雅嫻接過那支筆，欣慰說：「這可是別人送給我的，要是摔下去壞了我會很難過的。」

謝亞倫聽到那支筆的由來，內心的遲疑卻越來越深，但他還是莞爾道：「那妳給我其他支筆吧。這支筆感覺對妳而言很重要呢。」

「確實很重要。」她說完還真的拿出了另一支筆。又說：「因為是我重要的朋友寄給我的。」

謝亞倫聞言心一緊，宋雅嫻這時也意識到她說太多了，於是她打了哈哈：「你趕快教我吧！」

晚上六點，宋雅嫻跟謝亞倫就這樣一同走出校門。

兩個人在人行道上等著紅綠燈的轉換，轉成綠燈後，謝亞倫筆直地往前走，宋雅嫻趕緊跟在後面。

「你要去哪裡？」

「找打工。」

「打工？」

「嗯，不然沒錢。」

「咕嚕……」一陣聲響突兀的傳了出來，不過是來自——宋雅嫻的肚子。

謝亞倫揚眉回頭，宋雅嫻摸了摸肚子，坦率承認：「對，是我，我肚子餓了。」

謝亞倫聞言微微勾起嘴角，然而這一眼卻使她微微走神。

見她略微呆滯的樣子，他搖頭，朝她走近，喚：「妳。」

「啊？」她定睛一看，謝亞倫竟然站在她眼前。

「妳是不是喜歡我？」

「蛤？」

「從剛剛到現在，妳偷看我的次數……少說有六次了吧。」

宋雅嫻聞言翻了白眼，說：「你好自戀。」

謝亞倫笑了聲。

「不過。」宋雅嫻又說：「之所以會一直看你，是因為今天發生的事情……我在想，要不要請你吃個飯，表示一下謝意。」

謝亞倫原先沒有說話，胡甚齊這時適時的傳了一則簡訊給他，說：「今晚我沒有要回來，要去朋友家喝酒。你自己看著辦。」

他收起手機，問：「妳想去哪裡吃？」

❀

「老闆，兩碗炸醬麵！」

「馬上來！」

宋雅嫻熟悉地拿起夾子，夾著小櫃子上擺放的豆干、滷蛋，也不忘問一旁的謝亞倫：「你有想吃什麼嗎？」

第一次來到小吃店的謝亞倫顯得對這裡的環境有點兒陌生，撲鼻而來的麵香跟滷味香使他肚子也微微餓了起來，他指了指在角落的海帶，說：「我要一份。」

宋雅嫻怎麼可能沒看到他現在的模樣？一個可以說是大少爺出身的他，出現在這麼平凡的小吃攤，顯得超級格格不入。

「跟你說，這家的麵店開了很久，也只有這家的炸醬麵最好吃，你一定要吃吃看！」宋雅嫻用衛生紙擦了擦筷子，把其中一雙遞給了他。

謝亞倫頓了一下，之後接過：「謝謝。」

宋雅嫻搖頭，這時兩碗炸醬麵跟滷味也端上了桌。

「雖然是小吃店，但也很好吃喔。」她說。

「那我就品嚐看看啦。」

「你不會後悔！」

見眼前女孩笑嘻嘻的模樣，謝亞倫也沒有想到，現在的自己竟然會情不自禁對著一個女孩笑。

吃完晚餐的宋雅嫻跟謝亞倫同時走出了麵店，她便像是邀功般的問他：「怎樣，我沒騙人吧？是不是真的很好吃，我看你一下子就吃光了。」

謝亞倫很乾脆地點頭，「確實，比起以前在謝家有主廚負責三餐的高檔料理，這種的還是比較自在，也比較適合現在的我。」

宋雅嫻不語，她認為家庭狀況是個人隱私，除非對方自行提起，不然她不會過問。

由於麵店就在學校附近，走出來的他們卻也巧遇到陳玄霖跟賴郁婷。

「還真訝異會遇到你們欸。」陳玄霖驚訝的說。

「玄霖，你不是說你的外套放在教室嗎，趕快去拿吧。」賴郁婷說。

「所以你們回來是要拿外套嗎？」宋雅嫻問。

「嗯……」但是陳玄霖卻面有難色。

「怎麼了？」

「那個……不是有在傳嗎？」陳玄霖看了看手錶：「現在是晚上七點四十分。學校肯定沒有人了，通常晚上的學校不是都會有……」

這時宋雅嫻起了個雞皮疙瘩，也回想起之前跟宋俊凱半夜看鬼片的驚悚感，於是她趕緊開口：「別亂說！」

倒是一旁的謝亞倫笑了聲，說：「你的意思是學校晚上會鬧鬼？」

「我也是聽說的啦！我也沒有晚上來過學校，而且學校現在沒學生，現在一定很黑暗……」陳玄霖看似非常有陰影。

「他小時候因為打破隔壁鄰居的玻璃，被他媽媽關進倉庫反省一整晚，所以他怕黑。」宋雅嫻無奈解釋。

「雅嫻，妳還真懂我。」陳玄霖立刻大笑，但隨即止住：「不過，我現在是真的還蠻怕黑的。」

宋雅嫻的視線飄到在陳玄霖隔壁的賴郁婷身上，只見賴郁婷眼神空洞，似乎在恍神。

「郁婷？」宋雅嫻喚了她。

「啊。」賴郁婷隨即回神，莞爾說：「不是要回學校嗎，走吧。」

「欸，我覺得多一點人去比較好欸，這樣我也比較不會怕。」陳玄霖看著謝亞倫，說：「而且感覺學長不怕鬼。」

「怕？」謝亞倫莞爾：「我不怕不存在的東西。」

「哇，好大的口氣啊。」陳玄霖讚嘆的說：「那你務必要跟著我們去一趟。」

「你是去拿東西還是去探險的啊？」宋雅嫻吐槽。

「走吧走吧，我可不想太晚回家。」陳玄霖見狀就逕自往前走。

只見賴郁婷若有所思的走著，宋雅嫻關心道：「郁婷，妳怎麼了？」

「喔沒事。」賴郁婷莞爾：「我只是不知道玄霖怕黑竟然是這樣來的。」

「咦？」宋雅嫻愣了一下，說：「我以為他會跟妳說欸。」

「他是只有跟我說他怕黑，但我不知道為什麼他會怕黑。」

「你們在幹嘛！」前方的陳玄霖喊著：「快跟上啦！」

「好啦好啦，愛催欸。」賴郁婷說歸說，但也還是加緊跟上陳玄霖的腳步。

宋雅嫻也舉步往前走，卻發現謝亞倫站在她前方不遠處。

她微微頓了一下，接著生硬的說：「走吧。」

「嗯。」謝亞倫嗯了聲，其實剛剛她們的對話他或多或少都有聽到。

❀

四個人此時此刻站在學校門口，裡頭確實沒有任何的燈光，教職員工也都已經下班，所以學校裡頭可說是空無一人的狀態。

「……還真的有點可怕呢。」宋雅嫻說。

「別怕，怕什麼！」陳玄霖開啟手機的手電筒，附近黑暗的空間因為手電筒的光而亮了起來。

宋雅嫻也開啟了手電筒，因此四個人便走進了學校。

平日在學校都覺得沒什麼，沒想到晚上的學校寂靜得像是處在另一個空間。

陳玄霖跟賴郁婷走在前頭，宋雅嫻跟謝亞倫則是走在後面。

「……晚上會有一個身穿白袍的長髮女子，吊掛在天花板上面死死的看著你。」這時賴郁婷突然盯著手機唸出這段文字，使宋雅嫻微微一頓。

「什麼啊！」陳玄霖不耐的大叫。

「抱歉、抱歉……」賴郁婷愧疚地說：「我只是滑社群網站時剛好看到這則鬼故事，覺得有點毛，不知不覺就唸出來了……」

「不應該在這裡讀鬼故事吧？」宋雅嫻也忍不住抗議了起來，儘管受到多次宋俊凱強迫的「洗禮」，她對這種東西還是多少都會害怕。

謝亞倫莞爾，之後對宋雅嫻說：「這樣吧，妳走有窗戶的這邊，這樣比較不會那麼暗，也不會感到害怕了。」

於是，他便把宋雅嫻拉往到他在走的位子，跟她互換。

她悄悄地看向他側臉，此時她的視線，再也沒有離開過他。

直到陳玄霖回到教室拿到他的東西之後。

「該死，我現在好想上廁所！」陳玄霖身體略微捲曲：「廁所我就真的不太敢去了，怎麼辦？」

「不要上了啊。」宋雅嫻涼涼說。

「喂！妳有夠沒良心！」陳玄霖抗議。

「好了啦，你們兩個真是。」賴郁婷笑著說：「我陪你一起去吧，廁所外面有電燈開關，不用怕，我在外面等你。」

目送那對情侶去廁所之後，宋雅嫻跟謝亞倫就站在附近的走廊上等待。

學校雖然暗，但外頭有微弱的月光照射進來，她還是看得到他的側顏。

謝亞倫面無表情的問：「這樣真的好嗎？」

「什麼？」

「從剛剛到現在，妳的朋友都在跟她男友曬恩愛，妳是已經習慣了，還是在說服自己要麻痺？」

聽到這類似的問題，謝亞倫之前問過她好幾回，每次聽到她的心就像是被針扎到般，雖然不痛，但很刺。

但這次，她的心卻再也平靜不過了。

「不知道，我剛剛也在想一樣的事情。」宋雅嫻喃喃說：「我覺得我對陳玄霖的感情確實是一點一滴的慢慢放下了。」

「是嗎？」

「懷疑喔？」

「嗯。」

「你！」

這時有一個腳步聲傳來，宋雅嫻神情一緗，接著下意識的把頭緩緩的轉過去看。

一個長髮、穿著白色上衣的女孩緩緩地走了過來，而且還是朝他們走過來。

「什、什麼啊！」

謝亞倫這時也打開手電筒，在打開的同時宋雅嫻發出了尖叫，接著立刻拉著謝亞倫拔腿就跑。

宋雅嫻虛脫似地坐在地上，眼前的賴郁婷面露愧疚，伸出手作勢要拉她：「抱歉啊，雅嫻，我不是故意要嚇妳的。」

宋雅嫻喘了一口氣，接著搖頭：「沒事沒事，我想坐著休息一下。只是妳幹嘛這樣嚇人啊！」

「我在女廁梳頭髮梳到一半突然電燈就壞了，我也不知道我到底有沒有整理好頭髮，所以原本出來要找妳借小鏡子，結果卻發生了這樣的烏龍。」

原來剛剛走出來的人是賴郁婷，她此刻還是穿著學校的制服、恰巧學校制服又是白的。

「雅嫻，妳怎麼這麼怕啊。」陳玄霖笑著，說：「我以為妳啥都不怕，原來怕鬼。」接著，他還忘我的學起鬼片中會出現的「呼呼」聲。

「喂。」意外的謝亞倫開口：「沒看到她這麼怕嗎？你還這樣玩？」

謝亞倫接著手伸向她，關心問：「還可以站起來吧？」

宋雅嫻點頭，接著把她的手放上他的，使他可以拉她起身。

走出校門口之後，宋雅嫻目送陳玄霖跟賴郁婷離開，她回想起剛剛陳玄霖故意嚇她時，謝亞倫居然有幫她說話，她不是沒有看到謝亞倫的表情，當時的他臉色可是前所未有的嚴肅。

不得不說，她很意外他會有這樣的反應。

在謝亞倫轉過頭看向她時，她早已將視線轉回前方了。

稍早在圖書館時，他看到那支筆如此被人珍惜著，心想要是花開收到也是如此對待那支筆吧？

從沒想過自己可以為其他人做些什麼，但沒有想到原來自己給出去的東西可以受到珍視。

眼前的人，跟他心中的那位宛如花盛開的筆友不禁重疊了起來……

Chapter 7

宋雅嫻跟陳玄霖以及董若蘭相約逛商場的日子到了。

「雅嫻！」陳玄霖跟董若蘭同時氣喘吁吁地出現，畢竟他們兩個是搭同一班的捷運過來。

「抱歉，從捷運下來人潮太多，耽誤到了。」董若蘭滿臉歉意地說。

「沒事，我才剛到而已。」宋雅嫻揮了揮手，表示不在意。

「可惜郁婷不能一起來。」董若蘭說道。

「到時候我再去附近的飾品店買小禮物送她吧。」陳玄霖說著。

謝亞倫接過一疊的傳單，眼前的工讀生說：「就以發完為主。時薪一小時兩百。」

「我知道了。」

謝亞倫穿上背心，之後就站在外頭的廣場旁幫忙發著傳單。

這是他找到假日工讀生的工作，能賺多少就是多少。

這時熟悉的聲音朝他附近傳來，他微微轉過頭，看到了宋雅嫻他們。

陳玄霖開心的跟宋雅嫻聊著天，一旁的董若蘭則是莞爾。

怎麼少了一個賴郁婷呢？

謝亞倫疑惑著。

賴郁婷今天補習班老師因為有事情所以提早下課，她看了看時間，也許可以跟宋雅嫻他們一同出去。

於是她點開群組，丟了一句：**我今天可以跟你們一起出去，看等一下你們還想去哪裡逛。**

結果沒有人已讀。

這時的她已經來到了廣場，看著人來人往的人潮，她站在一旁顯得有些單薄。

他們應該還在逛街吧，所以沒看到訊息很正常。賴郁婷心想。

「明明就很好看！」宋雅嫻的聲音從附近傳來，賴郁婷微微一愣，下意識的躲在一旁的柱子。

陳玄霖、宋雅嫻跟董若蘭三個人開開心心的從一家店走出來，賴郁婷再看看手機，發現自己的訊息依舊沒有被任何人已讀。

「那我們要去哪裡吃飯？」董若蘭問。

「我昨天有查到一間還不錯吃的義式料理，我們去嚐鮮？」宋雅嫻問。

「我沒意見。」陳玄霖說。

他們三個人往反方向離開，沒有注意到後面的賴郁婷，然而賴郁婷也沒有走出去叫他們，只是任由自己心中的那股不平衡在蔓延。

賴郁婷看著手機上沒被看見的訊息，她心一橫，直接把訊息收回，最後一個人離開廣場。

❀

宋雅嫻跟董若蘭以及陳玄霖坐在咖啡廳裡聊著天，董若蘭拿出手機，疑惑的咦了一聲，說：

「郁婷好像有傳訊息過來，但是她收回了。」

「真的嗎？」宋雅嫻訝異的問。

「哇我們竟然沒有注意到！」陳玄霖慌張的說：「天啊，她可別生氣。」

陳玄霖站起身去打電話，此刻座位只剩下宋雅嫻跟董若蘭。

宋雅嫻喝著奶茶，望向窗外，突然在廣場看到一個熟悉的身影。

「雅嫻，怎麼了？」董若蘭好奇的問。

「啊……沒有。」宋雅嫻趕緊微笑說道。

應該是認錯人了，怎麼可能會在這裡遇到謝亞倫。

她再悄悄地往那方向看過去，那個人背對著她發傳單，但背影卻給了她強烈的熟悉感。

「呼，幸好郁婷沒生氣。」陳玄霖這時回到了座位上，說：「她說她原本要過來找我們，但後來她說身體不舒服不來了，所以訊息也收回了。」

「原來是這樣，那她現在有好一點了嗎？」宋雅嫻問。

「有，所以等一下我還是要買禮物送她。」

董若蘭看了看牆上的時間，說：「時間也不早了，喝完我們就要離開了。」

「好。」

三個人最後在咖啡廳離開，只剩宋雅嫻還站在原地。

轉眼間，廣場上再也沒有任何人在發傳單了。

宋雅嫻微微握緊了背包背帶，最後往回家的路上走去。

在經過一間超商時，宋雅嫻又突然想起了先前跟謝亞倫在超商的相遇。明明這兩間超商的擺設風格完全不一樣。

❀

謝亞倫回到租屋處，恰巧看見花開寄來的信封。於是他便拿了進來。不過這回摸了信封，他卻發現裡面凸凸的，似乎有放東西。

他坐在沙發上，打開信封，裡頭依舊躺著一張紙，還多了一個用小串珠串起來的手鏈。信的尾端寫了一句話：這是我最近跟同學一起做的串珠手環，我想做一條給你。

謝亞倫把手環戴在手腕上，由於線是用彈力線，所以對他而言不會太大也不會太小。

倒是胡甚齊看到謝亞倫帶著那條手鏈，突然覺得好像在哪裡看過，於是他走了過去，看到旁邊的信封，於是問：「這條手鏈是那位『花開』寄給你的嗎？」

「嗯。」謝亞倫隨即取了下來，接著小心翼翼的放在一個小盒子裡。

「你是覺得男生戴這個太娘是嗎？」胡甚齊摸著下巴說：「也是，畢竟對方不知道你是男的吧？」

「只是覺得這個禮物是該好好珍惜。」戴出去是怕損壞，與其這樣，那倒不如保存好對方的心意。

這時他也瞥見了胡甚齊的手機螢幕浮現了一則訊息，訊息的主人竟然是董若蘭。

❀

今天午休宋雅嫻再次陪董若蘭來烹飪教室練習做餅乾，不過這回就看到她只要拿出手機，都會微笑的回覆訊息。

其實從前陣子宋雅嫻就有發現她這樣了，喜悅的神情不禁懷疑董若蘭是否戀愛了。

直到董若蘭把手機放下，才發現到宋雅嫻的視線。

「怎麼了嗎？」董若蘭摸了摸她的臉頰。

「原本不打算問的。但我敵不過好奇心。」宋雅嫻曖昧的笑著，問：「妳是不是交男朋友了？」

「啊？」董若蘭睜大雙眼，心虛的樣子一覽無遺。

「也、也不是交了男朋友。」董若蘭略帶嬌羞的說：「妳還記得上次我們在這裡遇到危險時，不是有一個男生出手保護我嗎？」

「喔，有印象。」宋雅嫻點頭說道。

「之後在路上巧遇到，於是就聊了起來，最後還交換了聯絡方式，每天幾乎都在傳訊息。」

董若蘭給宋雅嫻看了看他的聯絡方式，上頭寫著：胡甚齊。

「他其實長得還不錯，個性感覺也挺開朗的。」宋雅嫻點頭。

「嗯……」看到董若蘭臉紅的樣子，宋雅嫻瞇起眼，問：「妳該不會喜歡上他了吧？」

「我沒有喔！」

「我可是暗戀過別人的人，妳這樣的反應騙不了我。」

「好啦！」董若蘭也立刻投降，坦率承認：「是有那麼一點點的好感，因為我跟他……也滿有話聊的。」

「那妳覺得對方對妳有好感嗎？」宋雅嫻的好奇心也被勾了起來。

「不知道呢，我不敢問，因為我怕自己會錯意，不如傻傻地自己暗戀好像還比較快樂。」董若蘭捂著臉說道。

宋雅嫻微微頓了一下，一個人默默的暗戀……的確某方面來說，還挺快樂的。

其實董若蘭的心情她也不是不了解，畢竟以前的她，也曾經經歷過這樣的感受。

不敢說出口對於對方的喜歡，只怕自己的暗戀到最後只是一場夢。

回到教室時，宋雅嫻發現她的手機遺落在烹飪教室，於是自己又跑回去烹飪教室。

只是走到樓梯口時，那熟悉的咖啡香傳了過來。

宋雅嫻微微愣了一下，接著加緊腳步往前走。

走到窗戶邊，從窗戶外看進去，果然是那個熟悉的身影。

謝亞倫原先在咖啡機面前沖泡咖啡，聽到後頭的聲音，於是轉頭過去看，發現是她時，眼神閃過不明顯的訝異。

「我、我來拿東西。」宋雅嫻說完便直接走到她先前的位子上，果然在抽屜看到了她的手機。

這時，突然聽到了一陣爆裂聲，宋雅嫻嚇得趕緊抬頭，卻看到謝亞倫吃痛的用左手按著右手食指，一旁的玻璃杯碎滿地。大概是玻璃杯沖完冷水又碰到熱咖啡而因此碎裂。

「你有沒有怎樣？」宋雅嫻趕緊上前關心，發現血從他的指縫中微微流了出來，於是趕緊抽起旁邊的衛生紙替他壓著止血。

「不要踩到玻璃。」謝亞倫趕緊拉住她，以免她在往旁邊一步，就踩到了玻璃碎片。

「我們去保健室。」宋雅嫻憂心的說，甚至不知道自己此刻的語氣有多強烈：「不要拒絕我！」

在保健室裡的宋雅嫻拿起了優碘跟棉花棒，對著坐在椅子上的謝亞倫說：「手伸出來吧。」

「我們好像是第二次一起出現在保健室了。」謝亞倫說。

「會痛喔。先跟你說一下。」

當沾上優碘的棉花棒碰到謝亞倫的右手食指時，他竟然沒有反應，原先以為他會閃躲一下，此刻竟然沒有太大的情緒起伏。

「你……不會痛嗎？」

「不會。」下一秒，他又說：「反正這也不是最痛的。」

宋雅嫻聞言愣了一下，謝亞倫也沒有想要繼續說的意思。

他跟家裡的人始終不合，然而他身為謝詩倫的哥哥，當然不可能在妹妹面前表現出脆弱的一面，在她面前他都是完美悠哉的狀態。

所以理所當然的，他覺得自己是不需要被擔心的。

宋雅嫻抿著唇替謝亞倫的右手食指貼上ＯＫ蹦，不過在他們兩個同時站起身時，謝亞倫突然站不穩，宋雅嫻趕緊扶住他。但也在摸到他手臂的時候才驚覺他的體溫似乎高了一點。

「你是不是發燒了？」宋雅嫻趕緊把他按在床上，在一旁拿了體溫計，發現真的發燒，於是她正打算跑去跟護士阿姨說。

「我沒事……」謝亞倫虛弱的聲音從布簾傳來。

宋雅嫻拉開布簾，見謝亞倫坐起身子，她趕緊去到他身旁，皺眉說：「你為什麼這麼逞強？」

「那妳呢？」

「什麼？」

「妳為什麼要這樣為我擔心？」

宋雅嫻微微一愣，對上了謝亞倫略帶犀利的眼眸。

也許是現在發燒的緣故，導致他失去了平常冷靜清晰的思緒。眼前的宋雅嫻竟然勾起了他一大波的漣漪。

使他……擔心他下一秒變得更不像自己。

不小心露出不願被其他人看見的自己。

宋雅嫻抿唇，接著擔心開口：「你真的沒事嗎？」

謝亞倫抬眸，身子微微一傾，她就這樣被他用手抓住。

她訝異了一陣，如此曖昧的距離使她亂了心跳。

「抱歉。」謝亞倫鬆開了手，別過頭說：「妳還是回去上課吧。」

「可、可是……」

「妳在這裡能做什麼？」他轉頭過冷問。

在宋雅嫻還不知道該如何開口表達自己的想法時，謝亞倫率先冷冷丟出這句。

「同學怎麼了嗎？」護士阿姨走了過來。

宋雅嫻覺得他這樣的態度感到莫名其妙，基於面子跟賭氣，她向護士阿姨點頭後就直接離開保健室。

因為現在冬天的緣故，下午五點天色便開始漸漸暗下，到放學時，謝亞倫一直都在保健室躺著，躺久就不自覺地睡著了。直到放學時刻被經過的學生吵醒。

醒來之後，原先的不適感已經退去

「醒了？」

謝亞倫抬眸，發現是張子羨跟蘇荷。

原本以為會是他想的那個人。於是他不自知的失落神情，自然而然被張子羨看見了。

「不然你原本以為是誰來這？」張子羨莞爾問，一旁的蘇荷則是困惑的看著他。

這時謝亞倫的手機傳來震動，他從口袋拿出手機，發現有一則訊息。

「你什麼時候才要回訊息？」

謝母每隔三天都會傳一次訊息，但卻沒有一次真的來找過謝亞倫，除了在超商那次。

說到底，要他回家也不是真的希望他回來。

但要營造所謂的「良好家庭氣氛」，確實是需要他。

「怎麼了？」張子羨開口詢問。

「沒事。」謝亞倫看著眼前的情侶，訕笑問：「你們不回去嗎？」

「子羨說想帶你去吃飯。」蘇荷聳肩說道。

「會不會太過分？要我當你們的電燈泡？」謝亞倫故作輕鬆的說。

「我才想問你，為什麼稍早的時候有個女生滿臉哀傷的走出來？」張子羨疑惑：「那個時間點你剛好就在保健室休息，裡頭只有你跟護士阿姨，還有那時候離開的女生。」

「你是不是拒絕她的告白？」蘇荷問。

張子羨看到謝亞倫陷入自己的思緒，於是喚了他一聲：「亞倫？」

「抱歉，我剛剛分神了。」謝亞倫拿起書包，站起身說：「我還有事情，先走了。」

「你身體有好一點了嗎？」張子羨問。

謝亞倫沒有回頭，只是揮手表示回答。

「雅嫻。」賴郁婷搖了搖宋雅嫻的肩膀。

「嗯？」宋雅嫻回過神來，此刻的她們依舊在圖書館裡頭，只是賴郁婷依舊努力讀書，而她卻是在放空。

❀

而放空的原因正是稍早在保健室時的狀況。

也因為當時宋雅嫻是上課鐘聲壓線時進到教室，所以沒有被耽誤到太多的時間，但卻一整天心神不寧，直到放學了，她渾渾噩噩的向董若蘭還有陳玄霖說再見，之後陪賴郁婷到圖書館讀書。

但賴郁婷何嘗沒有心事呢，像她也好幾次想起商圈的事情，都忍不住想開口，但是想起陳玄霖今天給了她禮物，她不想再因為這種事情鑽牛角尖，這樣顯得很沒有度量。

「妳從剛剛就一直在發呆。」賴郁婷關心的問：「沒事吧？」

「沒事，我沒事！」宋雅嫻趕緊打起精神，碎念著：「我為什麼要因為那個人影響我的心情，奇怪？」

「妳說什麼？」賴郁婷沒聽清楚她剛剛說的話。

「沒事！我很好！」宋雅嫻狂點頭，之後問：「等等要不要一起吃飯？」

賴郁婷莞爾搖頭：「晚點要去補習班補考，上次考砸了。」

「辛苦了，等考完試我們再一起出去玩。」

「我們四個嗎？」

宋雅嫻不以為意，說：「我跟妳單獨出去也可以呀。」

賴郁婷看了宋雅嫻好一會兒，最後微微勾起嘴角。

宋雅嫻稍早會如此恍神，大概跟謝亞倫脫離不了關係吧？

只是，宋雅嫻卻不曾告訴她有關於他們的事情。

也許這些事情她會去跟董若蘭說。

似乎，有些事情變得跟過去越來越不一樣了。

宋雅嫻以前跟她無話不談，然而現在有些事情她反而不會對她說了。

賴郁婷心裡突然充滿感慨跟微微的苦澀。

宋雅嫻最後跟賴郁婷走到校門口，由於兩個人方向相反，到大門口就分開了。

宋雅嫻舉步往前走，卻巧遇到一個好久不見的人。

「學妹！」

她一抬眸，韓語諺在不遠處揮著手緩步朝她走來。

Chapter 8

「好久不見了。」在一間小吃店裡，韓語諺跟宋雅嫻便坐在裡頭，敘舊的同時順道吃個飯。

韓語諺是宋雅嫻國中同社團的學長，兩個人在過去就很有話聊。

「真的，畢業後我們高中也讀不同校，根本沒想過我們會再見面呢。」韓語諺問：「怎麼只有妳一個人？妳男朋友呢？」

「男朋友？」宋雅嫻狐疑的挑眉。

「咦？就那個啊！」韓語諺敲了敲頭，努力回想：「姓陳名什麼的，總之你們很要好，之前國中時在學校很常看到你們走在一起。」

「陳玄霖嗎？」

「對啦！」

宋雅嫻頓了一下，之後微笑搖頭：「我們沒有在一起。」

韓語諺聞言，接著面露奇怪的臉色。

宋雅嫻以為他是出自於好奇心，於是開口補充：「他現在跟我的朋友賴郁婷在一起。」

「賴郁婷？」韓語諺又問：「是以前跟你們同進同出的那個女生？」

「你怎麼這麼了解？」

「廢話，我那時候很喜歡妳啊！」韓語諺不自覺脫口而出當時他埋在心裡的暗戀。

這時空氣瞬間凝結起來，尷尬感也隨即籠罩在空中。

「啊、那都是過去的事情了！我保證！我現在對妳就只剩朋友的感覺！」韓語諺像是怕宋雅嫻因此對他開始產生尷尬而拚命解釋著。

「沒事。」宋雅嫻苦笑：「我根本沒有想到學長你那時候……」

「妳這麼好，要人不喜歡也難吧？」韓語諺說：「坦白說，其實那時候不只我，我們社團也很多人對妳有遐想。只是那時候陳玄霖都會私底下過來。」

「他？」宋雅嫻還真的沒有想到。

不過這時餐點適時送了上來，於是這個話題也暫時停止。

只是，兩個人都開始各懷著心事。

吃完晚餐之後，韓語諺表示想送宋雅嫻回去。

「不用啦，我家不會很遠。」她一開始婉拒。

「不是的，我沒有別的意思。」韓語諺搔了搔頭：「我在想該不該告訴妳一些事情。」

宋雅嫻微微低下頭，說：「我確實很在意，為什麼當初陳玄霖會跑來學長的社團。」

「雅嫻，妳當初真的沒有感受到嗎？」

「感受什麼？」

「妳應該知道，我是個很直接的人，我那時候既然喜歡妳，為什麼我卻沒有跟妳告白？」

宋雅嫻僵在原地，有一瞬間，她不知道該不該繼續聽下去韓語諺的話。

然而韓語諺似乎也看出來了，於是他嘆了一口氣，說：「妳如果不想聽，我可以不說，我尊重妳。」

「你，」宋雅嫻緩緩說：「你是不是知道什麼？」

「妳是指什麼？」

「那一年運動會過後，陳玄霖就跟我的好朋友賴郁婷在一起了。」宋雅嫻微微皺眉：「賴郁婷你應該不熟，所以……」

「可是那時候陳玄霖私下特別警告過我，叫我不要太過接近妳。因為他說他想跟妳告白。」韓語諺神色複雜的說：「但我聽妳剛剛說的事情，我也許能明白一些事情了。」

宋雅嫻愣在原地。

「賴郁婷也許不知道什麼時候開始，就介入了妳跟陳玄霖。」韓語諺說：「我不知道。但是他們交往時，妳是第一個知道的嗎？」

宋雅嫻不語，不，她不是第一個知道的。

她甚至當時還特意被疏遠了一陣子。

最後還是她去問別人才知道的。

「所以……」宋雅嫻喃喃說：「她那時候也知道其實陳玄霖他……？」

「可能吧。」韓語諺說：「這是我的推論，我只是覺得奇怪，陳玄霖很明顯的喜歡妳，妳當時也喜歡他。坦白說就是因為妳喜歡他，所以我祝福他，願意讓給他，結果沒多久卻聽說他跟別人在一起。」

「雅嫻，妳真心覺得賴郁婷把妳當成是朋友嗎？」他又問。

「學長。」宋雅嫻說：「別賣關子了，你就趁現在，把所有你知道的一切都告訴我吧。」

雖然真相有點沉重，但卻可以為那段她被疏遠的日子裡的無解，逐漸看出真相。

那段時間，陳玄霖開始跟賴郁婷有私下接觸，沒想到是賴郁婷從中作梗。

只是當時陳玄霖卻是說，他對賴郁婷有好感，所以在賴郁婷告白後，他們便在一起了。

「我有同學跟陳玄霖不錯。他說陳玄霖有段時間因為一些事情感到非常消沉，是賴郁婷一直陪伴他，也會用電話關心他，久而久之，這兩個人就越走越近，開始有了情愫。」韓語諺又說：「我想，應該是賴郁婷讓陳玄霖不知道誤會了什麼，他覺得妳跟他沒有希望。」

宋雅嫻走到家門口時，對著韓語諺點頭說道：「謝謝學長。」

「那個，雅嫻……」

「我沒事，不用擔心。」宋雅嫻莞爾：「我其實真的不喜歡被蒙在鼓裡的感覺，謝謝你告訴我這些。」

「這些都是我的推論。雅嫻如果妳想求證，妳還是要聽一下妳朋友怎麼說，她是什麼想法。」韓語諺聳肩：「畢竟每件事情背後都會有原因的。」

「謝謝你，我會的。」宋雅嫻微笑點頭。

❀

宋雅嫻隔天一早到了學校，賴郁婷的目光停留在她身上，也跟平常一樣微笑的跟她打招呼。想起之前那段她被疏遠的日子，加上昨天韓語諺的推論，使宋雅嫻不知道要用什麼心情來面對她一直認定的好朋友。

而且她又是個不擅長藏情緒的人，因此宋雅嫻僵硬的表情賴郁婷很快就看出來了。

「雅嫻，還好嗎？」賴郁婷出口關心，然而董若蘭也上前。

「我沒事。」宋雅嫻特意避開賴郁婷的目光，之後走到她位子。

賴郁婷雖然覺得奇怪，但也沒多說什麼。

「雅嫻。」董若蘭這時露出嬌羞的表情。

「怎麼了？」

「那個，我跟甚齊哥在一起了。」董若蘭低下頭，臉上的嬌羞依舊還在，聲音也透露出欣喜：「在前幾天晚上。想說穩定一點再跟妳說。」

「恭喜耶！」宋雅嫻打從心底感到開心，於是她一掃先前的陰霾，八卦問：「誰先告白的？」

「算是……同時吧！」董若蘭搔了搔臉。

宋雅嫻哇喔一聲，董若蘭用雙手捂著嘴，說：「天啊，想起來也還是好不真實，我當初告白的時候，可是在原地深呼吸好幾回、做好強大的心理建設，以及一直處於反反覆覆之中。連發訊息出去手都在抖。」

宋雅嫻看著眼前董若蘭情竇初開的樣子，她的思緒也飄到很久之前、那段被她塵封的記憶之中。

在陳玄霖跟賴郁婷還沒交往之前，宋雅嫻跟陳玄霖也是每天都會互相傳訊息，那個時候，只有宋雅君看到姐姐每次回覆訊息時嘴角的弧度越來越大，當時的她也替她拍了張照片下來，如今那張照片，早已在陳玄霖跟賴郁婷交往的那一天刪除。

如此熟悉，又如此的陌生。

「雅嫻？」

「啊？」

董若蘭歪頭，之後小聲問：「妳是不是心情不好呢？」

宋雅嫻微微頓了一下，之後微笑說：「嗯……不算不好，但確實有點複雜。」

「怎麼了嗎？」董若蘭擔心的問。

「沒事。」宋雅嫻最後微笑搖頭：「可能是明天要段考了，在煩惱書讀不完。」

「不會啦，雅嫻很棒的！」董若蘭說完，但還是有些擔心眼前的好友，於是又說：「雅嫻，妳有什麼心事，可以告訴我喔！雖然我可能無法幫忙什麼，但是我可以擔任傾聽的角色。」

看著董若蘭貼心的模樣，宋雅嫻開心的抱著她，說：「我知道！謝謝妳，若蘭。」

❀

「亞倫，我出門去吃飯啦。喔對，這是你的信。」胡甚齊把信封遞給謝亞倫，然而謝亞倫發現上頭竟然是用掛號的，難道說花開有什麼特別的事情要說嗎？

胡甚齊看了看謝亞倫，於是問：「這個筆友對你而言很重要吧？」

謝亞倫沒有回應，但耳朵還是有在聽。

「如果花開其實一直在你附近，你會不會想見她一面？」

「見了面只會改變一些沒必要改變的事情吧？」

「那如果見面就是為了改變一些事情呢？」

「例如？」

「如果可以讓你變得更快樂一點，何嘗不可啊！」

「你不去跟你女朋友約會嗎？」

前陣子胡甚齊跟董若蘭告白成功，當時的胡甚齊還開心的抓著謝亞倫不放，說什麼他終於找到他的真命天女了。

「若蘭會體諒的，現在我比較在意你的問題！」胡甚齊會這麼著急不是沒有原因的。

是因為前陣子花開寄來給謝亞倫的手鏈，他前幾天在董若蘭身上也看到一模一樣的，然而他問了董若蘭，董若蘭才說宋雅嫻確實有跟她說過想做一條手鏈送給她的筆友花滅。

從那時開始，胡甚齊跟董若蘭都開始推測，其實宋雅嫻跟謝亞倫，很有可能是對方的筆友。

「你真的沒有想法嗎，對於你那位花開？」胡甚齊好奇問。

謝亞倫沒有回應，只是逕自打開信封。

得了吧，當事人這麼被動，總有一天一定會吃虧。胡甚齊如此心想，看謝亞倫都不回答，最後他便拿起包包，先走出家門找董若蘭約會去了。

謝亞倫這時感到耳根子清靜了些。他攤開信紙，想知道花開為什麼這次用了掛號信。

一如往常的，花開訴說著平常的生活，只是最後一句，使他的思緒逐漸停留在那段文字上。

「我好像，已經找到了當初我朋友疏遠我真正的原因。而且原因比我想的還更殘酷，但我卻不能說她不對，畢竟感情這種事情，誰先說出口誰就贏了。」

再往下閱讀，才發現花開遇見了當時的學長。學長也以為花開也跟她之前喜歡的對象在一起了，殊不知他卻是跟她的朋友交往。隨後學長也給出了一些蛛絲馬跡，雖然話沒說死，但往前推論一些她朋友的舉止，卻拼湊出她不可置信、又不敢直接當面求證的事實。

深怕一說開，友誼會裂成碎片。

謝亞倫把信紙收了起來，喃喃說：「果然這世界上什麼祕密都是瞞不住的吧？」

如同紙包不住火，祕密都會有被發現的一天。是嗎？

謝亞倫出門買晚餐時，一台黑色的轎車停在他眼前，當車窗搖下來時，他的心瞬間沉了。

「上車。」謝父冷峻的側臉透露出不可抗拒的氣場：「今晚有飯局，我必須帶你過去。」

「……」謝亞倫知道自己無法反抗，於是二話不說打開後座的車門，認命上車。

「你以為你一直都不回家，我就找不到你了嗎？」謝父訕笑：「少抬舉自己，要不是你哥不在了，根本輪不到你。」

「我知道，我一直都是謝家的拖油瓶。」謝亞倫也微笑回應：「我哪敢看得起自己。」

謝父聞言，犀利的目光一直盯著前方，對於謝亞倫的話沒有給出任何的回應。

❀

謝亞倫穿著西裝，整體上來看完全跟年齡不符，然而氣場也顯得更成熟。

在一個餐廳裡頭，有幾個集團的總裁跟董事長，謝父今晚就是要和這些有頭有面的人見面。

畢竟謝詩倫是女兒，在謝家比較傳統的觀念裡，大場面通常都是兒子跟父親出席，妻子跟女兒則是在家。

他已經習慣了。

從謝英倫過世之後，這些責任就是他在負責的了。

「媽，我們這些要送到哪裡去？」宋雅嫻拖著推車，裡頭都是牛奶還有一堆用牛奶製成的手工餅乾，據說是宋父的舊識今天在餐廳有個飯局，想說用這次的機會藉此宣傳宋家牧場的產品。於是宋家人就一同把貨給送了過來。期中考也已經考完了，她也有時間陪父母送貨。

只是在經過一間包廂時，宋雅嫻意外的看到坐在裡頭的謝亞倫。

即使穿著西裝，跟平常的氣質大相逕庭，宋雅嫻依舊一眼就看出他來了。

「怎麼站在這？」宋俊凱經過時疑惑的問。

「沒事。」宋雅嫻回過神，最後跟著家人一同送貨。

❀

「謝家公子長得挺俊的，今年幾歲啦？」餐桌上有個董事長微笑問道。

「十八歲，明年要大學了。」謝父率先回答。

「哇，那有打算要接您的事業嗎？」另一位董事長接下去問：「是說，我記得這位是你的二兒子吧，大兒子沒出席嗎？」

「大兒子在國外深造。」謝父莞爾的說出這個美麗的謊言。

沒錯，正是美麗的謊言，使得謝亞倫微微一笑。

不過謝父某方面沒有說錯，謝英倫的墳墓確實在國外。愛面子的謝父怎麼可能把自己害死的兒子葬在這兒呢？

「哇，大兒子挺有前途的呢，老謝，期待你的好消息。」董事長微笑問：「亞倫，你可要向你哥看齊。」

「會的。」謝亞倫微笑說：「哥在國外生活，一定很快樂。」

謝父冷洌犀利的眼神像箭一樣，一支支射在謝亞倫身上。

「國外視野遼闊，出國走走多見世面也不錯。」知名集團的總裁也開口：「亞倫，在你爸身邊學習是不錯的經驗，不然你們家的藥局規模也不會開得這麼大，是吧？」

「是啊，我爸真的很厲害，所以我哥才會有這麼好的成就。」謝亞倫皮笑肉不笑的說，不吐不快。

謝父立刻站起身，微笑的向董事長們跟總裁說：「我去問一下廚房菜目前出到哪了。」

「亞倫，陪爸爸去吧！」謝父雖然微笑說道，但卻直接把謝亞倫給拉起身，強制他跟他出去。

謝父把謝亞倫帶往廚房後的後院，到了那裡，他用力的推了謝亞倫一把，冷峻的模樣完全不像是在看自己的孩子。

「你什麼意思？」謝父冷冷地問。

「沒有什麼意思，我只是配合爸說的話。」

「你不要以為我聽不出你話裡的意思。」謝父拾起一旁的鐵棍，說：「你最好給我認錯。」

「爸，我說的都是真心話。」謝亞倫莞爾：「你要我跟你來的目的，不就是不要在那些大人物面前丟臉嗎？我沒說什麼，還是，你心虛？」

「臭小子！」謝父用力踹了謝亞倫一腳，謝亞倫應聲倒地，但他默默爬起身。絲毫沒有反應，態度依舊淡然。

反正，這也不是第一次發生了，他已經習慣承受父親私下的動粗了。

「要不是……」

「要不是哥已經死了，我壓根兒什麼都不是。」謝亞倫說：「我已經背起來了，我可是根深蒂固地記在心裡了。」

「孽子。」謝父咬牙：「你跟你哥一個樣！」

「是嗎？」謝亞倫的目光逐漸轉為清冷：「反正你跟媽之間沒有愛，對我跟詩倫更不用說了，既然覺得我礙眼，那你就在這裡把我給處理掉了吧。」

「你以為我不敢？」謝父瞇眼。

「你敢的，所以我也敢這樣說。」謝亞倫微微一笑，但眼底的悲傷一閃而逝，說：「反正我也不知道自己在這世界上有什麼意義，不如也讓我『去國外』找哥哥吧？」

「你！」謝父澈底被激怒，於是在沒有人的後院裡，狠狠的教訓謝亞倫。

宋父跟宋雅嫻這時提著箱子，往後院走去。

「爸，接下來要送什麼給包廂？」宋雅嫻問。

「俊凱去送牛奶了，妳媽媽則是在門口發傳單。」宋父微笑說：「幸好老同學願意牽線，使我們牧場的牛奶跟奶製品有更多可以曝光的機會。」

「生意變好是好事，可是你跟媽可別累壞啦。」宋雅嫻憂心的說。

「我知道，我答應過雅君，會照顧好家裡的一切……」宋父看著天上莞爾：「雅君啊……」

宋雅嫻也頓時噤聲，微微抿了唇。

「臭小子，看我怎麼打死你！」

不遠處傳來了一陣罵聲，從宋父跟宋雅嫻的角度看過去，後院雖然有遮蔽物擋住，但是謝父的背影則是露出了一半。

「他是在打人嗎？」宋雅嫻訝異的問。

「那可不行，」宋父擔心的說：「先去了解一下狀況吧。」

❀

謝亞倫倒臥在地上，用手護著身體，藉以擋住謝父的拳打腳踢。

他咬著牙，堅決不喊痛、也不求饒。

這就是謝家在謝詩倫面前極力隱藏的真相，也是他在謝家最大的悲哀。

宋雅嫻跟宋父走近一看，尤其是宋雅嫻，一眼認出被挨打的人是謝亞倫，心猛然一揪。

「別打啦！有話好好說呀！」宋父趕緊上前，然而宋父的出現，使謝父瞬間恢復理智，手中的鐵棍也掉落在地上。

宋雅嫻蹲下身子，擔心的問謝亞倫：「你沒事吧？」

謝亞倫略微錯愕，沒想到出手相救的人，竟然是她跟她父親。

他避開她擔心的眼神，微微撇過頭，原先忍著痛楚想要站起身，卻徒勞無功。

「先生呀，對孩子有話就好好說嘛，在這裡打人不好看吶。」宋父看到謝亞倫的狀況有點於心不忍，於是出口相勸。

謝父一改剛剛對謝亞倫冷酷粗暴的模樣，他隨即換上客氣的笑容，說：「這位先生，我想你誤會了，我剛剛是在跟我兒子聊天，剛剛確實有點衝突，但絕對不是你們想像的那樣。」

宋雅嫻傻愣愣地看著眼前的狀況，謝父身材高大，給人一種冷冽的氣場，而且剛剛明明就看到他冷酷的一面，現在卻又可以若無其事的笑著說一切都沒什麼。

看著身旁忍著肉體上痛楚的謝亞倫，襯衫早已弄得髒兮兮，謝父看到竟然也沒有出口關心一句，連做個表面都沒有。

「你這個樣子也無法進去了。剛剛吳總裁傳訊息問我我在哪，我必須要進去了，你沒事就趕快回家吧。」謝父說：「早知道就自己來。」

謝父冷冷丟下這句，完全不管自己兒子的狀況，還有宋家父女的反應，逕自走回餐廳。

宋父喃喃說：「哪有這種人？」

「你還站得起來嗎？」宋雅嫻擔心的問謝亞倫，也想要攙扶著他。

「不用扶了，我自己回去就可以了。」謝亞倫微微掙脫。

「年輕人，不要逞強。」宋父倒是直接扶起了謝亞倫，見謝亞倫吃痛的樣子，宋雅嫻的心突然痛了起來。

「這樣吧，我們家在附近而已，剛好我們貨送完差不多要回去了，你來我們家擦個藥吧，跟你說，我們家的藥可是很有效的。」宋父遊說著，如此健談的樣子使謝亞倫一時之間不知道該回什麼，但也終於不再拒絕，於是他僅點頭說謝謝。

這時候搭計程車回去，如此狼狽的樣子不管在哪都會被引起注意。

「我想說你們兩個跑去哪，原來在這裡啊。」宋母跟宋俊凱這時也出現了，兩個人看到謝亞倫，都不約而同愣了一下。

❀

「來來來，這個藥膏塗上去比較不會瘀青得太嚴重。」宋母拿了一個藥膏，幫謝亞倫上藥。

宋雅嫻跟宋俊凱都坐在沙發上，宋父則是坐在他們對面，一臉若有所思。

「那個，你不去醫院看一下嗎？」宋父客氣又擔心的問：「去看一下比較好吧？做點詳細的檢查對你也比較好。」

謝亞倫一開始咬著牙接受宋母的包紮，最後搖頭：「不用了，我已經習慣了，這回力道算輕，沒什麼的。」

「這樣叫輕？」宋母訝異又心疼的說：「他真的是你爸嗎？哪有父母這樣對待自己的孩子啊，你沒想過要求助嗎？」

「求助之後，就真的什麼都沒了。」謝亞倫淡淡的穿回襯衫：「我家是開藥局的，如果因為家暴的事情上新聞，對謝家而言形象上必定會造成很大的傷害，我爸更不會因為這樣就放過我。」

宋雅嫻愣愣的聽著這一切，謝亞倫光鮮亮麗的外表背後，竟然藏著這麼大的祕密。想起之前在保健室，她無意間看到謝亞倫背後的疤痕，難道說這就是他父親留下來的？

「怎麼會這樣……」宋母心疼的說：「廚房有雞湯，我拿一碗給你喝。」

「不用了，我等等就要回去了，不該在這裡多打擾。」謝亞倫搖了搖手。

「你別想拒絕了，我媽可是一旦有想做的事情就會努力的挽留你，你可以拒絕得了別人，但你絕對拒絕不了我媽。」宋俊凱挑眉，揮了揮手：「看你剛剛連路都走不穩，還想自己回去？」

「雅嫻，過來幫媽媽的忙吧！」宋母的聲音從廚房傳來。

宋雅嫻聞言便直接走向廚房，謝亞倫見宋家人希望他可以留下喝雞湯，於是也就暫定坐在這了。

口袋裡的手機一直傳出震動，照這個時間點他不用猜就知道是誰了。

「我在你家門口等你，你現在給我回來！」

「叫你回來有沒有看到！電話為什麼不接！」

「你為什麼要丟你爸的臉！」

謝母連傳三則簡訊給他，他閉上眼，想回家的念頭瞬間打消。

「你媽傳訊息給你喔？」不知何時繞到謝亞倫後方的宋俊凱開口，他困惑的皺眉：「但她為什麼要這樣對你講話啊？你是不是在家裡過得不好？」

「你叫亞倫是吧？」宋父說：「你真的像俊凱說的，在家裡過得不好嗎？」

見謝亞倫低下頭不願透露，宋父咳了聲，說：「抱歉啊，叔叔只是有點擔心你。」謝亞倫看向宋父，其實宋父倒也沒有說錯，他眼裡真切的關心一覽無遺，使謝亞倫微微一愣。畢竟從小到大，一直在謝家的環境之下自己努力咬牙長大，根本不知道關心的感覺是什麼。更不用說去關心別人了。

「來來來，大家過來喝雞湯呀。」宋母熱情的邀約，宋父莞爾的看著謝亞倫，說：「廚房沒很遠，還是我幫你拿過來。」

見宋家這麼有人情味，謝亞倫第一次感受到什麼是溫暖，使他對於親情一直冰封的心，稍稍融化了一些。

「不用，我可以自己過去，謝謝叔叔。」謝亞倫誠摯的說。

手中捧著熱呼呼的雞湯，謝亞倫原先冰冷的手心也因為雞湯的溫度逐漸暖和起來。

一段遙遠的記憶也在這時湧上心頭。

華麗的餐桌旁坐著三個孩子，兩男一女，以及一個笑得溫柔婉約的女人。她眼神充滿慈愛，各自摸了三個孩子的頭，輕聲說道：「乖，媽媽煮了你們最愛喝的玉米濃湯，爸爸回來之後，千萬不要讓他知道喔。」

「這是我們的小祕密嗎！」年僅四歲的謝詩倫天真問道。

「對的，所以要保密喔！」謝母溫柔的笑顏是他回憶裡最後的模樣。

因為這碗湯，讓他想起謝母好久好久之前，也是有對他溫柔過的。

只是那碗玉米濃湯似乎是場絕響，之後不但再也沒喝到，謝母的態度也開始有了大轉變。一向一視同仁的她，居然開始對謝英倫有了龐大的期望，然後也開始對他不怎麼理睬，謝詩倫則是沒有太大的轉變。

「怎麼了，是雞湯太燙，還是不好喝呢？」宋母關心問道，如此溫和的語氣使謝亞倫猛然抬頭看向她。

對上宋母真切的眼神，謝亞倫突然感到一陣鼻酸，但是他隨即忍住了。

「不，沒事。」謝亞倫說完就喝了一口。

只是剛剛那情緒上的小轉變，宋雅嫻可是都沒有錯過。

沒想到在學校備受矚目的謝亞倫，背後居然有著這樣的家庭。她心想，但也心疼了起來。

喝完雞湯之後，胡甚齊也打了電話過來，謝亞倫就在外頭跟他通起電話。

「你今天還是先別回來好了，你媽帶了兩個看起來是保鏢的人。」胡甚齊擔心的繼續說：「我跟阿姨說我真的不知道你在哪，但我覺得……你現在安全嗎？」

「我在……」謝亞倫頓時不知道該如何說他所在的地點，最後避重就輕的說：「在其他朋友家。」

「這樣啊？」胡甚齊擔心的口吻持續傳了過來：「你今天看能不能先在那裡過夜，如果不行再打給我，我陪你出去找落腳處。」

「沒事的，你不用擔心。」謝亞倫莞爾：「早點休息吧。」

「有事情再聯絡，我想辦法勸阿姨回家。」

「麻煩你了。」

謝亞倫通完電話，轉過身子，看見宋雅嫻就站在不遠處。

「沒事吧？」宋雅嫻開口問。

「我看起來像是有事的人嗎？」謝亞倫莞爾問。

她不語，為自己之前跟他賭氣感到有些的愧疚。

也在今天才見識到，謝亞倫是在什麼樣的環境下成長。

「今天有嚇到妳嗎？」

宋雅嫻趕緊搖頭，謝亞倫見狀則是笑了出來：「誠實點吧，看我被打成那樣，妳爸都快嚇死了，何況是妳？」

見謝亞倫還能雲淡風輕的提起這件事情，宋雅嫻的心不禁揪緊一下。

謝亞倫見宋雅嫻都不動，於是揚眉看著她。

「你……」宋雅嫻最後把話給吞了回去，改口說：「你現在要回去了嗎？」

其實之前聽董若蘭說過，謝亞倫跟胡甚齊同居，他並沒有跟父母住在一起。

謝亞倫微笑搖頭，「等等可能要去找落腳處了，應該會去民宿住一晚吧？」

「你無法回去嗎？」宋母這時出現了，她訝異的問。

「可能要明天才回去吧？」謝亞倫說。

宋母眼眸微微垂下，方才聽宋俊凱說，謝亞倫的媽媽對他說話的語氣也很不客氣，這時謝亞倫回去似乎也不會比較好。

「房間很多，如果你不介意的話，你就先在這裡住一晚？」宋母問。

「我媽都開口了，你就別一直拒絕了吧。」宋雅嫻也開口。

謝亞倫看了看時間，發現也不晚了，何況明天還要上課。

於是在無計可施的情況之下，他僅說：「謝謝你們。將來有機會的話，我會報答你們的。」

「說什麼報答，真是的。」宋母揮了揮手，「這個年紀怎麼會說出這種話呢。」

於是謝亞倫就在宋家借住一晚，不過他選擇睡在客廳沙發上，當宋父要他去客房睡時他直接婉拒了。

畢竟他天亮就要直接離開了，隨便睡就好。

客廳留下一盞小燈，謝亞倫側躺在沙發上，看著客廳四周，卻沒什麼睡意。

身上稍早被謝父打的部位早已麻痺，他閉上眼睛，今天明明發生這麼多事情，他也有疲勞的感覺，卻都無法入睡。

宋父跟宋母擔心的神情浮現在他的腦海之中，他第一次感受到被關心的感覺，何況還是跟自己沒有任何關係的人。

已經有多久沒有得到關心過了？

無法掌控自己的命運，無法決定自己的家庭，難道，真的無法做任何的改變嗎？

「姐。」

✿

在處於空白的空間裡，宋雅嫻睜開雙眼，如同上次夢見宋雅君的情況。

宋雅嫻眨了眨眼，眼前的宋雅君俏皮的看著她，臉上的微笑也是她熟悉的樣子。

「雅君！」宋雅嫻驚喜的看著許久不見的妹妹，朝她奔去。

在夢裡，雖然不真實，但是卻也不會想到，眼前的雅君也是一場夢境。

不過這一次，宋雅君沉默許久，她只是一直看著宋雅嫻，想要好好的看著她，彷彿想要記在腦海裡。

「雅君，怎麼了？」

「姐，妳要好好保重自己，爸媽、還有哥也要麻煩妳了。」宋雅君略帶嚴肅的說。

「雅君，怎麼了嗎？」宋雅嫻聽出一絲怪異。

「沒有，只是覺得，妳辛苦了。」宋雅君微笑搖頭，但彷彿像是做好道別的準備。

「雅君！」宋雅嫻喊了聲，結果此刻從夢境中醒來。

宋雅嫻渾身感到不安，同時也發現自己冒得一身冷汗。

宋雅君在夢裡的樣子，貌似想要道別，使宋雅嫻心慌意亂，頓時茫然。

這時她非常的口乾舌燥，於是索性下床，去客廳拿瓶礦泉水止渴。

走進客廳時，宋雅嫻開了電燈，卻發現沙發上坐著一個人。

定睛一看，謝亞倫就坐在那。

「你還沒睡嗎？」她脫口問道。

謝亞倫微微一頓，接著回頭問：「妳不也是嗎？」

「我是做惡夢醒來的。」在她意識到之前，這句話也隨即脫口而出。

「惡夢？」謝亞倫好奇地目光望了過來。

「嗯，我不願再想起的惡夢。是關於我妹的事情。」

「所以。」謝亞倫開口，稍微拉回了她的注意力，「妳說，妳剛剛夢到妳妹了？」

「嗯。」她喝了一口牛奶。

「之前我們討論過的觀點，妳之後有好好思考嗎？」

「什麼？」

「看來是沒有呢。妳果然是在逃避。」

宋雅嫻的心微微刺了一下，她拉高了聲音，說：「我不想去思考假設性的東西。」

「妳確定是假設性？妳保證妳妹好得起來？」

這要是在之前，宋雅嫻此刻絕對會把謝亞倫趕出去，因此列入黑名單，每次都對著她講些直白又刺耳的話，讓她感到非常煩躁。

但是想起稍早他的情況，那些憤怒又消了大半。

有些話之所以聽了刺耳又直白，不就是戳中了內心最不願意、最老實的點嗎？

有些人之所以喜歡聽美言，不喜歡聽赤裸裸的實話，正是這個原因。

她不想承認宋雅君會比她早離開這個世界。

何況他哥哥也是出車禍死亡的。

「我哥他當初出車禍時，其實醫生也有問過要不要急救。但是救回來百分之百是植物人。」謝亞倫仰望天空，訕笑：「我爸怎麼可能接受一個不會動的兒子？他當下二話不說，直接跟醫生說放棄急救。」

「……」

「所以，堅持救回來，對妳妹妹會比較好嗎？」謝亞倫莞爾，「當然，這件事情沒有對錯，只是在我的觀點裡，還是早點脫離苦海會比較好，即使再怎麼的不捨。」

宋雅嫻抿唇，但是她發現這件事情也只能跟他討論，在家裡，宋雅君的事情大家都很有默契的不提，只提以前她還在家裡，為家裡帶來快樂氣氛的時刻。

陳玄霖自從搬家後也很少來宋家，對於宋雅君的事情沒有很了解。

更不用說賴郁婷跟董若蘭了。

「雅君她……」宋雅嫻斂下眼眸，「她說不定也很想活下去，畢竟我們的感情真的很好。她也是我唯一的妹妹。」

就是因為感情很好，所以面對宋雅君此刻的狀況，她有時候也會陷入迷惘。

不捨宋雅君那麼的痛苦，但又覺得她人生這麼長，怎麼可以在這個時候斷掉了呢？

「這樣想吧，如果今天躺在那裡的人是妳，妳不能動也不能說話，每天睜開眼都是一樣的人事物，日復一日這樣的生活，雖然妳活下來了，但是妳的靈魂被鎖住了。這樣妳會覺得活著是好事嗎？」謝亞倫不帶有任何情感的聲音繼續說著：「死了的話，照道教來說可以早點去進行輪迴跟投胎轉世，可能下輩子會過得更幸福，或者是在天上過著無憂無慮的日子。也許會比較好吧？」

宋雅嫻看著他的眼眸，能夠說出這麼淡漠的話，背後到底是承受了多少？

說真的，她無法想像家裡的家人對自己的孩子都沒有愛，甚至逼死自己的孩子，還一點罪惡感都沒有。

這時時鐘顯示為凌晨三點十四分。謝亞倫問：「不睡嗎？」。

「你睡吧，我睡不太著。」宋雅嫻說。

但是後來宋雅嫻還是敵不住睡意，不到半小時，她看著午夜重播的連續劇看到睡著了。

謝亞倫原先只是閉目養神，睜開雙眼卻看見她窩在沙發上打盹著。

他先是看了她好一會兒，接著把一旁的薄毯子攤開，輕輕的蓋在她身上。

恰到好處的五官、白皙的皮膚，使他稍稍的……目不轉睛。

他微微嘆了一口氣，他到底是在想什麼？

他坐在客廳，關掉了電視，客廳隨即回到熟悉的黑暗。

直到天空微微亮起。

「雅嫻啊，妳怎麼睡在這？」宋母搖醒了躺在沙發上睡著的女兒，碎念說：「有房間不睡，卻睡這裡？不怕著涼嗎？」

宋雅嫻揉了揉惺忪的眼睛，接著看向一旁的沙發，卻發現他已經不在了。

「亞倫他好像天還沒亮就走了。」宋母拿起一張便條紙，說：「這是他寫的。所以妳昨天就是在客廳陪他是嗎？」

「我……」原本是因為夢到宋雅君睡不著，但宋雅嫻話哽到喉間就說不出來了，怎麼可能會跟母親說，自己夢到妹妹類似道別的夢呢？

為了不讓母親擔心，於是她說：「就半夜口渴來客廳拿水，卻看到他坐在沙發上，就小聊了一下。」

「所以你們很熟是吧？」宋母促狹一笑。

「對，可是也沒有說很熟，媽妳別想太多。」

「為什麼要急著撇清關係？」宋母失笑：「那孩子其實長得不錯啊，只是令人心疼倒是真的。」

「媽，妳不是希望我多讀書嗎？」

「我叫妳讀書妳可以就真的會乖乖讀？我才不信。」宋母嗤之以鼻，又說：「只要不要還沒拿到畢業證書就帶個孫子，不要太脫序媽媽我都會很自由的好嗎？」

「妳想太多了吧……」

「媽媽我在高中時也是有偷交男朋友，妳就別害羞啦。」宋母揮了揮手。

「媽，到底要我說幾次呢，我跟謝亞倫……」

「妳還是趕快去整理吧，不然遲到我就真的救不了妳了。」

眼看牆上的時鐘，宋雅嫻趕緊跳了起來，作勢要去梳洗。

到了學校之後，董若蘭微笑的跟宋雅嫻打招呼。跟平常一樣。

只是微微不一樣的是，賴郁婷一臉悶悶不樂的坐在位子上，陳玄霖則是站在一旁陪著她。

董若蘭拉了拉宋雅嫻的袖子，看起來也發現了賴郁婷的狀況，於是她問：「要不要去關心一下？」

宋雅嫻看了過去，之後點頭。

只是在她們走過去時，賴郁婷卻先一步離開教室了，然而這樣的作為不只她們呆站在原地，連陳玄霖也感到錯愕。

「抱歉啊，她考完試就這樣了，可能平常給自己壓力太大，妳們這段時間就麻煩多體諒她了。」陳玄霖滿臉歉意的說。

「沒關係。」宋雅嫻說：「不過今天確實也是發考卷的日子。」

「還真的有點緊張呢。」董若蘭也說。

看董若蘭的樣子，想必胡甚齊應該是沒有跟她說謝亞倫的事情。

不過到了第三節下課，賴郁婷直接趴在桌上，動也不動。

陳玄霖朝她們投向求救的眼神，宋雅嫺跟董若蘭互望一眼，同時走向賴郁婷的位子旁。

「郁婷，妳身體不舒服嗎？」董若蘭開口問。

賴郁婷身子頓了一下，接著緩緩坐起身，臉色充滿哀傷，她對上宋雅嫺時，卻短暫停留了五秒。

「我這次考得不理想。」賴郁婷看著桌子喃喃說：「因為我的筆記本不見了。」

「筆記本？」宋雅嫺想起之前在圖書館跟賴郁婷讀書時，賴郁婷的手上一直拿著那本筆記。

「嗯。」

「會不會是放在家裡？」董若蘭問。

「如果放在家，我怎麼可能那麼多天都找不到？我所有的考試重點都在裡頭，我沒有那本筆記本，我這次的成績果然……」賴郁婷咬牙。

「不會啦，郁婷妳很棒，真的！」陳玄霖在一旁安慰。

「別再說了。」賴郁婷竟然哭了起來，在場的三個人都被她突如其來的崩潰嚇著了。

「抱歉抱歉，是我不對是我不對！」陳玄霖慌了起來，宋雅嫺跟董若蘭也是笨拙的拍著她的背部。

只是看到陳玄霖如此著急的模樣，宋雅嫺微微頓了一下。然而這時上課鐘聲也響了起來，她直接轉過身，回到自己的位子上。

❀

「妳會不會很好奇妳那個筆友是誰？」中午的時候，董若蘭跟宋雅嫻坐在福利社的位子上，董若蘭率先開口。

「會呀，不過對方感覺神神祕秘的，所以我也就不怎麼勉強他。」宋雅嫻漫不經心的喝著飲料。

「妳就沒有想過，對方可能就在妳周遭嗎？」

「說到這個，花滅他住的地方好像跟我在同一所城市呢。」宋雅嫻托腮：「但是我潛意識卻不想去找他。」

「為什麼？」

「怕某些想法會幻滅吧？」宋雅嫻苦笑：「坦白說，花滅算是知道最多我心事跟祕密的人，也許是自己內心對他有想像，怕自己見到他之後，很多事情就會回不去了。」

董若蘭看著眼前的好友，之前她跟胡甚齊就發現宋雅嫻跟謝亞倫就是對方重視的筆友，結果不見面的原因卻一模一樣。

「妳怎麼知道見面就是幻滅的開始？」董若蘭理直氣壯的說：「很多網友見面之後反而聊得更開欸！還成為了對方生命中不可或缺的親友。」

宋雅嫻被董若蘭的突如其來激動搞到一愣一愣的。

「可是……」宋雅嫻略帶無言的說：「也是要對方願意才能見面吧？不要造成對方的困擾才是最重要的。最近心煩意亂，不是很著重這件事情。」

「妳怎麼了嗎？」董若蘭的話題也跟著轉了。

「就……」宋雅嫻原先想要說出對賴郁婷的疙瘩感，以及謝亞倫的事情，還有宋雅君。瞬間太多事情了，使她一時之間不知道該如何消化，最後微微嘆了一口氣，說：「沒事，我自己也不知道該怎麼提起。」

董若蘭見宋雅嫻如此心煩意亂，最後索性打住，但內心想讓這兩位筆友早點知道對方的念頭也沒有因此打消。

下午的數學課考卷一發下，有些同學面露驚喜，有些同學則是面露氣餒。宋雅嫻則是前面那一派，看著數學打上八十這個數字，她開心得很。畢竟數學不是她的強項，每次都是在六十、七十分徘徊。

不過賴郁婷一直處於低氣壓，連陳玄霖都不知該如何是好。

「不然放學的時候我們帶郁婷去吃東西吧。」宋雅嫻說。

「也只能這樣了。不然她這樣身為她男友的我什麼忙都幫不上，我也覺得我好沒用。」陳玄霖嘆氣說道。

直到最後一節課，宋雅嫻跟董若蘭收拾好書包，董若蘭先過來找她，她們兩個互望一眼，接著往賴郁婷方向看過去，卻發現賴郁婷身邊多了好幾個女同學。

其中有幾位一直往宋雅嫻方向看。

「郁婷，妳這次是不是失常了？」其中一個女同學心疼的拍了拍她的背：「沒關係啦，至少妳還是班上最高分的。」

畢竟距離不會很遠，這段交談聲也傳入了宋雅嫻跟董若蘭耳裡。

「只是，雅嫻跟若蘭不是都跟郁婷很好嗎？尤其是雅嫻，怎麼都沒看到她過去安慰郁婷呢？」另一個女同學說。

「喂，不知道的事情不要亂說。」陳玄霖皺眉。

殊不知，接下來的場面卻差點變得一發不可收拾。

賴郁婷抬頭，眼眶依舊積滿淚水，她冷聲質問：「你不關心我考試考得如何，為什麼考差，反而是宋雅嫻被質疑的時候，你才開口？」

宋雅嫻跟董若蘭愣在原地，陳玄霖也是如此。

「我的筆記本不見了。」賴郁婷冷冷的繼續說：「有一天從圖書館回來就不見了。」

結果那幾位女同學同時轉向宋雅嫻。

「幹嘛啊妳們。」董若蘭皺眉開口。

「雅嫻，我記得妳考得不錯不是嗎？」賴郁婷微笑，但是卻不見笑意，說：「妳拿到考卷還眉開眼笑的呢。」

宋雅嫻微微皺眉，不是很能理解賴郁婷現在的態度，她也壓抑情緒，平淡問：「所以妳想表示什麼？」

「問妳吧？」賴郁婷站起身，揹上書包說：「妳這次考試考很好，我反而成績不如以往，妳覺得呢？」

「該不會是宋雅嫺偷了妳的筆記本？」一位女同學訝異的說。

「妳不要亂說，雅嫺才不是這種人！」董若蘭率先反駁。

「就是嘛，妳不要含血噴人！」陳玄霖也開始不高興了。

賴郁婷看到陳玄霖的態度，沒有多說什麼，只是無奈地笑了聲，便直接離開教室。

「郁婷！」陳玄霖氣得要跟那幾個女生對質：「妳為什麼要在郁婷面前這樣說，這樣雅嫺她……」

「你可以不要再幫我說話了嗎？」宋雅嫺忍不住開口，打斷了即將爆發的紛爭。

陳玄霖跟董若蘭也傻住了。

「你為什麼要先幫我說話？」宋雅嫺略帶煩躁地問：「你這時候該做的，是去找郁婷才對吧！」

說完，宋雅嫺也轉身離開教室，打算追上賴郁婷，想好好的問她剛剛那些話是什麼意思。

謝詩倫跟謝亞倫在圖書館打掃時，他無奈地說：「原來妳找我來是缺一個可以陪妳打掃的人嗎？」

謝詩倫是圖書館志工，放學時都要特別過去圖書館當半小時的志工，工作內容則是整理書籍、打掃環境。

不過有個箱子專門在放失物招領，謝亞倫看到最上層的筆記本，右下角寫著主人的名字。

——賴郁婷。

宋雅嫻緊追在後頭，賴郁婷加快腳步，就是為了不讓她追上。

但是她太小看宋雅嫻了，宋雅嫻直接小跑步起來，接著抓著她的背帶，接著把賴郁婷的身子給轉了過來。作勢要她轉過身面對她。

「跑什麼？」宋雅嫻問：「丟下幾句意義不明的話就跑，妳到底在做什麼？」

「意義不明？」賴郁婷笑了一聲，「反正妳最近不是也不怎麼想搭理我嗎？那我可以合理懷疑，我的筆記本不見跟妳有關吧？」

「妳這是什麼邏輯？」

「難道不是嗎？」賴郁婷拉高聲音：「這陣子陪我去圖書館的人不都是妳嗎？」

「所以妳就因為這樣懷疑我？這樣對嗎？」宋雅嫻也忍不住提高音量，賴郁婷被她這樣的反應嚇著了，眼看身邊的同學都好奇地看著她們兩個，畢竟她們在的地方太顯眼，是在一樓穿堂。

「怎樣？」賴郁婷挑眉，說：「妳想聽實話嗎，我現在就說出妳很愛聽的實話。」

「其實妳內心深處對我是排斥的吧？」賴郁婷繼續說：「不然那一天你們就不會一起出去唯獨沒找我。」

宋雅嫻感到疑惑，她皺眉：「妳到底在說什麼？」

「妳跟董若蘭還有玄霖不是有一次一起去逛街嗎？」

「妳自己說妳不要去的啊。」

「可是最後我有打算要去找你們，但是你們沒有一個人當下看到我訊息！」賴郁婷再也按捺不住，直接吼了出來：「我一直覺得我好像都被你們拋下，妳也好，玄霖也是，更不用說是跟我互動沒那麼頻繁的董若蘭！」

一旁圍觀的同學竊竊私語，這時謝亞倫剛好經過，目睹了這一切。

眼看身邊看好戲的同學越來越多，賴郁婷也不管什麼面子了，於是她說：「那就乾脆一次把話說清楚吧。」

「什麼？」

「妳心裡明明就討厭我，因為我搶走了妳最喜歡的男生不是嗎？」賴郁婷開始口不擇言：「看著我們談戀愛妳都不會心酸的嗎？」

宋雅嫻僵在原地，手中的拳頭也不禁握緊。

「那換我問妳。」宋雅嫻緩緩說出，唯獨這樣才不會讓她的怒火澈底爆發，「妳也知道陳玄霖那時候對我也有好感，妳為什麼要在私底下對他說有的沒的，而且多半都不是事實。」

「妳……」這回換賴郁婷愣住了。

「說不出話了對吧？」宋雅嫻一步步逼近，然而賴郁婷則是一步步後退，但宋雅嫻沒有停下動作，她則是說：「既然都說到這裡了，那就像妳說的，把所有的一切都說清楚。」

「所以，」賴郁婷微微顫抖，問：「妳都知道了？」

「是。」宋雅嫻咬牙切齒：「妳如果也喜歡陳玄霖，妳可以直接說出來，不需要在私底下做這些事情，我知道真相無妨，但是陳玄霖如果知道了，妳覺得妳跟他還會繼續走下去嗎？」

「別說了！」賴郁婷吼出聲，繼續口不擇言：「反正玄霖現在就是喜歡我，他跟妳早就已經是過去了。」

陳玄霖跟董若蘭出現在不遠處，賴郁婷看見氣勢直接削減一半。

「夠了夠了，不要在這裡，沒什麼好看的！」陳玄霖跟董若蘭負責驅趕在附近看熱鬧的同學，見陳玄霖的態度方才她們爭吵的內容他沒聽見。

賴郁婷微微低下頭，說：「我有事情，我要先離開了，有什麼話之後再說。」

「為什麼？妳就只說妳的，這樣就想走人？」宋雅嫻嗤之以鼻：「怕事情被揭穿妳會有多難看嗎？」

賴郁婷瞪了宋雅嫻一眼，有一陣子氣氛非常沉默。

「妳知道妳有多令人刺眼嗎？」賴郁婷眼眶泛紅，但還是倔強的抹掉眼淚，說：「我的成績一直被要求，只要考不好就會被唸，我在家，在學校，都沒有人注意到我、關心我。可是妳，宋雅嫻，光鮮亮麗，無憂無慮，我媽喜歡妳，一直拿我跟妳比較，就連……」看到一旁的陳玄霖，她趕緊噤聲，接著像是努力把話給嚥下。

可是，就算這樣。我還是喜歡跟妳當朋友。

但就是太喜歡了，所以矛盾也開始出現。

陳玄霖的事情也好，宋雅嫺的性格也好，都使賴郁婷對他們都有自卑的心理。

不過看這個樣子，宋雅嫺已經知道一切，也許再也……回不去了。

「我最討厭妳了。」賴郁婷咬牙說道。

宋雅嫺的心被這句話用力的扎在心頭上，眼眶也跟著紅了起來。

「我也討厭妳。」最後，宋雅嫺在眼淚落下來之前，直接轉身離開學校。

「雅嫺！」董若蘭憂心的叫喊。

陳玄霖則是慌張的問賴郁婷：「妳們到底怎麼了，為什麼會吵成這樣？」

「你不要再問了，不要跟我說話。」賴郁婷也跟著離開，只是走到門口時，她嘴角嚐到了鹹味。

宋雅嫺走出校門口後，開始慢慢閒晃。

直到晃到河堤邊，她趴在欄杆上，表面上看似在放空，實際上腦海裡一直重播剛剛的畫面。

「我最討厭妳了。」

就算知道賴郁婷說的是氣話，但是宋雅嫺聽到還是非常的難過。

難過到眼淚再也按捺不住，直接掩面哭了起來。

加上這陣子在心頭上的壓力，使眼淚一發不可收拾。

「拿去。」一包袖珍包衛生紙映入她眼簾，一抬頭，竟然是謝亞倫。

見宋雅嫻動也不動的看著他，謝亞倫說：「剛剛的情況我已經看到了，妳們吵得這麼顯眼，令人不注意也難。」

見宋雅嫻還是沒有動作，他嘆了一口氣，故作輕鬆說：「妳如果不拿去的話，我只好直接自己來了喔。」

宋雅嫻疑惑的看著他：「你要做什麼？」

「直接動手幫妳擦眼淚嚕。」謝亞倫擺了擺手：「不然一個女孩子在這裡哭泣，不知道的人以為妳怎麼了。」

「你大可直接離開。」宋雅嫻淡漠的說：「畢竟我現在只想要一個人，你在這我不方便。」

謝亞倫聞言沒有離開，還是繼續站在原地。

「你不走？」

「比起一個人在這裡哭，妳需要有人陪妳說話嗎？」

「你知道我發生了什麼事情，我覺得我沒必要說。」宋雅嫻說歸說，但還是嘆了一口氣：「雖然想過要跟對方說清楚，但情緒一上來，反而都壞了事情。」

「什麼事情？」

宋雅嫻抿唇，接著大概提起幾年前她跟陳玄霖，還有賴郁婷三個人之間的事情，以及賴郁婷私下作梗，因此陳玄霖就跟她交往了。

謝亞倫沒有回應，他只是更加的肯定，她就是「她」。

「他們都是我的朋友……我那時候不想失去他們，而且感情的事情本來就不是講求先來後到，」宋雅嫻喃喃說：「而是講求兩情相悅。」

謝亞倫聞言，僅勾起嘴角，說：「兩情相悅？」

「……」

「妳為什麼不說，妳根本不敢去爭取這段感情的主要原因，就是妳那自以為偉大的道德感？」謝亞倫冷冷地說。

宋雅嫻聞言微微睜大雙眼，看著眼前的謝亞倫。

「妳就是被道德綁架，然後看著妳朋友一步步地接近妳喜歡的人，最終走在一起。什麼先來後到？是誰有心機就有勝算，妳懂嗎？」謝亞倫瞇起眼：「就是妳那道德感，所以到現在還是不敢承認妳喜歡那個男生不是嗎？」

「是是是，你說的都對。」宋雅嫻略帶惱火地說，雖然她也知道自己沒有資格發脾氣，但在這種時候還真的不想聽到這麼刺耳的話。

儘管謝亞倫說的都是事實，她跟陳玄霖當初也沒有在一起，所以根本不能說賴郁婷怎樣。

謝亞倫也不再多說什麼，看宋雅嫻還是心煩意亂的樣子，於是他說：「妳願意的話，要不要跟我去一個地方？」

「為什麼？」見謝亞倫不管怎樣都不走，宋雅嫻雖然覺得有點奇怪，但也不是真心想趕他走。可能她此刻真的像他說的，需要有人陪吧？

她以為他會帶她去其他地方走走看看，像是去看個夜景，還是去吃個東西，或者說去某個地點坐下來發呆聊天。

結果她全部都猜錯。

謝亞倫直接帶她去高空彈跳。

「你瘋了嗎？」宋雅嫻傻眼問。

不過工作人員看起來跟謝亞倫有認識，不然通常這個時間是沒有人會進來的，然而他們卻被放進來。

宋雅嫻還沒錯過剛剛工作人員對謝亞倫說：「承蒙你父親的照顧了。」

「我要回去了。」宋雅嫻直接轉身走人。開什麼玩笑，這麼高的地方她才不要跳！

謝亞倫抓住她的手，問：「為什麼？」

「哪有為什麼！叫我跟你來一個地方，你卻帶我來這！」

「這裡不錯啊。」

「不錯個頭！」往下看腿還是會發軟，她說：「我不管！你要跳你自己跳！我要回家了！」

正當宋雅嫻轉身之際，謝亞倫沒有拉住她，他僅說：「妳果然就是膽小鬼。」

宋雅嫻聞聲回頭。

「做事不上不下，遇到問題只知道逃避，只知道閃躲。」謝亞倫悠哉的說：「高空彈跳不算什麼，妳跳過一次就知道了。」

宋雅嫻還沒回應，謝亞倫便微微勾起嘴角，說：「妳不是問為什麼我要帶妳來這嗎？」她抬眸。

「妳如果成功跳了，我就告訴妳答案。」他遞給她高空彈跳的專用安全帶，僅說：「等妳。」說完，他便直接把東西塞進她懷中，不容許她拒絕。

不怎麼甘願的套上安全帶，工作人員也確定好安全設備沒有問題之後，便先退到一旁。

由於站在高處，風吹起了宋雅嫻及肩的長髮。

這裡的高空彈跳地點跟電視上所看到的一樣，底下是一片湖，由於現在也是晚上，旁邊還有燈光，看下去像是在襯托湖的面貌。

在燈光的陪襯之下，晚上的湖面意外的有點美。

「我跟她一起跳。」謝亞倫對著一旁的工作人員說道。

宋雅嫻訝異的看著他，也任由工作人員把他們的繩索扣在一起。

「我知道妳不敢一個人跳。」謝亞倫勾起嘴角：「所以我會陪妳跳。妳也什麼都不用做，不用想，只要相信我就好。」

宋雅嫻傻愣愣地看著謝亞倫，只見他給了一個好看的笑容，下一秒，他直接挽住她的腰，給了她一個公主抱，沒有任何的預備動作，他抱著她，直接往下跳。

「呀啊！」宋雅嫻緊緊抓住謝亞倫，好樣的，要往下跳竟然沒有事先跟她告知！

「看看底下的風景。」謝亞倫不慌不忙，莞爾：「放心，妳的安全我負責。現在的妳，就往下看吧。」

不知道為什麼，宋雅嫻聽到這句話，心中的不安悄悄消失，最後她往下看，湖面的美景隨著彈跳的波動忽大忽小，但是每次看的景色都不盡相同。

「湖很大對吧？」謝亞倫冷不防問。

宋雅嫻看著他，不發一語，但手還是緊緊抓著他。

「不過這樣看卻覺得湖面很小。」謝亞倫莞爾：「很多事情站在高處看，總覺得所有的事情都不算什麼。」

「這就是人生。」最後，她僅聽到他在她耳邊如此說道。

在一家西餐廳裡，宋雅嫻跟謝亞倫各點了番茄義大利麵及南瓜義大利麵。

宋雅嫻漫不經心的喝著飲料，對於眼前這個人完全沒有頭緒。

「有跟妳家人說一聲妳會晚點回去嗎？」謝亞倫問。

「有啊。」宋雅嫻看著手機說道。

其實，董若蘭跟陳玄霖從放學後一直傳訊息給她，但她都沒有讀。

而賴郁婷則是一則都沒有傳過來。

「喂。」宋雅嫻喚了謝亞倫一聲，問：「所以為什麼你要帶我來這種地方？」

「人生中總要挑戰一下刺激的東西，這樣就會覺得很多事情沒什麼了。」謝亞倫微笑問：「不錯吧。」

「那你一定很常來這裡跳高空彈跳。」

「沒錯。」

「……」

「妳其實不怎麼相信別人。也不怎麼相信自己。」

「我？」

「妳有向其他朋友坦然的說出妳的心事嗎？還有，妳就是不相信妳自己，所以當初才不願意告白不是嗎？」

宋雅嫻微微抿唇，說：「你不也是嗎？」

「我們不一樣。我周遭沒有愛，但是妳有。」謝亞倫喝了一口咖啡：「但是妳剛剛相信我了，所以才會抓緊我不是嗎？」

宋雅嫻用吸管攪拌紅茶，說：「很多事情想要坦然，但總是到最後一步就說不出口。」

「跳之前，覺得害怕，那跳的瞬間跟之後，是不是覺得沒什麼好怕的了？」

這時義大利麵恰巧的送上來，撲鼻而來的香味讓宋雅嫻肚子瞬間餓了起來。

她拿起叉子，忍不住想要食指大動。

不過，也多虧了謝亞倫，宋雅嫻的心情其實跟在學校比起來時，平靜許多。

也可以慢慢思考，明天要去學校該面對的事情。

「謝謝你。」走出門口時，宋雅嫻莞爾對他道謝：「還讓你大費周章帶我來這。」

「沒什麼，算是報答妳吧。」

「報答我？」

「謝謝妳跟妳爸那時候出手救了我。」

宋雅嫻心微微一揪，之後抿著唇。

為什麼，不嘗試求救呢？

「別太擔心，反正我也死不了。」謝亞倫的笑似乎帶了點不知名的情緒：「如果可以……」

空氣沉靜了好一陣子，宋雅嫻沒有聽到他接下去說的話。

「沒事，我先走了。」謝亞倫莞爾：「我要去打工呢。」

「你在哪裡打工呀？」

「一家宵夜店，距離原本打工的地方有點遠，妳不要特別來找我。」一台公車剛好駛到他們面前，謝亞倫直接揮了手。

在門關上時，謝亞倫轉過身子，微笑向她揮手。

目送公車離開之後，宋雅嫻的目光依舊沒有離開。

直到那台他坐上的公車已經不在她視線裡頭。

宋雅嫻慢慢的走回家，手機的訊息依舊選擇不點進去看。

畢竟看了不能改變什麼，回覆了也只是說沒事。

文字上的沒事，不代表真的沒事。

但是只要讓她在這好不容易擁有喘息的空間待著，她才會真正沒事。

才有勇氣面對明天的事情。

回想起高空彈跳的事情，謝亞倫二話不說直接帶著她往下跳，以及夜晚湖面上的美景，讓她心底掀起了波瀾。

❀

由於昨天放學發生的事件，宋雅嫻今早走進教室時，原先在聊天的幾位同學，尤其是昨天那幾個在賴郁婷身邊的女同學，都不禁同時閉上嘴巴。

宋雅嫻不以為意，直接在座位上坐下來滑手機，彷彿一切的事情都沒發生過一樣。

董若蘭坐在位子上，最後還是靠了過來。

「雅嫻……」董若蘭拉了拉宋雅嫻的袖子。

「妳想去福利社嗎？」宋雅嫻一日往常的微笑問道。

董若蘭先是愣了一下，最後選擇配合宋雅嫻的問題而點頭。

見宋雅嫻跟平常一樣，但是董若蘭感受的到宋雅嫻不想談昨天的事情，於是她也選擇避口不談，等對方願意說的時候，她再傾聽就好。

畢竟這是她跟賴郁婷還有陳玄霖的事情。

不過在樓梯口處，賴郁婷正好跟她們打了照面。

「郁婷，早安。」董若蘭率先開口。

「早安。」賴郁婷微笑回應，目光卻不看宋雅嫻，相對的宋雅嫻也是如此。

「那……我先離開好了。妳們慢慢聊。」董若蘭識相的離開現場。此刻只剩下賴郁婷跟宋雅嫻。

賴郁婷站在原地，不知道該說什麼。

「我們之間，」賴郁婷思考了一陣，說：「沒什麼好說的吧。」

「嗯。」宋雅嫻開口，「我不知道該怎麼面對妳。我也不知道，妳對我到底是討厭還是喜歡。」

「這句話應該是我要說的吧？」賴郁婷略帶激動的說：「我承認當年是我不對，我不該說謊騙玄霖說妳喜歡的是學長，可是我……」

賴郁婷原先要繼續說下去，這時卻有一個冷冷地聲音傳來：「妳說什麼？」

宋雅嫻聞言也愣住，陳玄霖就站在樓梯上，面露震驚的看著賴郁婷。

陳玄霖一臉不可置信，緩步朝賴郁婷走去，問：「妳當初不是說，雅嫻她喜歡韓語諺嗎？」

賴郁婷當場僵住，一句話都不敢講。

「妳都已經說出口了，為什麼不繼續說？」陳玄霖失控怒吼：「回答我！」

賴郁婷的眼淚終於落了下來，陳玄霖看到她這副模樣，原先憤怒的樣子也逐漸緩和下來。

他回頭看著宋雅嫻，哀戚一笑，說：「我早就知道雅嫻喜歡的人不是韓語諺。因為之後從態度上就看出來了。」

「但我已經選擇跟郁婷妳在一起了，既然交往了，那我就要真心的對待妳。所以妳要說我對妳沒感情是騙人的。我也知道妳當初說雅嫻不喜歡我是幌子，但是我自己也信了，因為我知道，我配不上雅嫻。」陳玄霖說出一直以來放在心裡的話：「可是我還真的沒有想到，妳竟然故意對我們說這種謊言！」

賴郁婷無從辯解，只是無聲哭泣。

陳玄霖最後灰心走人，宋雅嫻傻愣愣地站在原地。

賴郁婷往下走，宋雅嫻這時才回過神，問：「妳要去哪？」

「不用妳管。」賴郁婷吸了吸鼻子：「事情都已經到這種地步了，妳還要繼續裝好人嗎？」

「所以在妳眼裡我真的就是在裝好人？」宋雅嫻痛心的問。

賴郁婷沒有回話，卻遲遲不肯轉過身子。

「這種時候，只會說出一堆違心之論。」賴郁婷冷冷說：「先讓我們冷靜一下吧。」

「賴郁婷，妳的筆記本。」班上一位同學這時剛好經過，便隨手拿出了那本賴郁婷失蹤的筆記，說：「剛有人拿給我的，說什麼這是掉在圖書館的。」

那位同學看了看宋雅嫻跟賴郁婷，昨天的事情他看起來也略知一二。

賴郁婷接過筆記本，嘴角因為哭泣而不住顫抖，最後轉身直接下樓。

到了第一節上課時，台上的老師點著名，當點到賴郁婷時，大家不約而同先看著她空著的位子，接著看向宋雅嫻。

然而宋雅嫻無視那些人的目光，只是盯著課本看。

陳玄霖也是一聲不吭，最後直接趴在桌子上。

中午的時候，董若蘭陪著宋雅嫻來到福利社，宋雅嫻先是跟董若蘭說自己想吃什麼，之後再由她去占位子。

宋雅嫻一坐下，身旁幾個人在低聲聊著八卦。

「那不是昨天在穿堂吵架的其中一個女生嗎？」

「另一位沒有出現，真的鬧翻了嗎？」

「其實我很常看到她們兩個走在一起，外加一個男生，也聽說其中一對是情侶。只是那個男生跟誰交往就不知道了。」

「該不會是為了愛情吵架吧？」

宋雅嫻轉頭過去直直望向那兩個人，對方立刻閉嘴。

「跟我來一下。」謝亞倫這時突然出現，就這樣把宋雅嫻帶離福利社。

她錯愕地看著謝亞倫拉離她離開福利社，她一臉茫然的就這樣被拉離。

「欸等一下。」宋雅嫻抽開了她的手，不解說：「為什麼要拉我出來？若蘭在福利社欸。」

謝亞倫面無表情，此刻的他跟在學校總是笑臉迎人的樣子非常大不同。

但是她知道，這就是他原本的樣子。

「難道妳想繼續留在那被當作聊八卦的料嗎？」

「嘴巴就長在人家身上，還能怎樣？不然要打他們嗎？」宋雅嫻無奈的說。

「筆記本我已經託人還給妳朋友了。」謝亞倫又說：「這樣妳應該就不會再被誤會了吧？」

宋雅嫻愣了一下，喃喃說：「所以郁婷的筆記本是你撿到的嗎？」

「是呀。」謝亞倫說：「只是如果剛剛是我出現還給妳朋友，想必會引起其他不必要的八卦，所以我就叫詩倫拿去給妳同學。」

宋雅嫻沒有說話，只是也沒有想到，謝亞倫在這方面還想得挺周到的。

「謝謝你，不過，我還是回去福利社好了，不然若蘭找不到我她會很擔心。」

謝亞倫這回沒有阻攔她，就這樣眼睜睜的看她離開。

其實，謝亞倫來找她不是沒有原因的。

昨天晚上跟宋雅嫻分開之後，他心血來潮去宋雅君安置的療養院。

與其說是刻意，倒不如說其實這家療養院也是有跟謝父的公司合作，裡頭有些保健食品也是跟謝家的藥廠拿的。

「您好您好，令尊近來可好？」療養院的院長特地來迎接。

「還行。」謝亞倫微微瞥了一眼病房，裡頭正是宋雅君。

「好奇問一下，裡頭那位病人狀況如何？」謝亞倫問。

院長也順著方向看過去，不過她隨即搖頭，「我原本要打算發通知請家屬做好心理準備了呢。」

「病人身體機能衰退的快，加上她其實本身狀況就真的不樂觀，只是她的家人就是抱著一絲希望，但這也不能怪他們，畢竟是家人嘛，當然希望她會出現奇蹟，不過這個時候也會出現另一種糾結，看她躺在這裡，心裡多少也會不捨，畢竟這個女孩也才十幾歲而已呢。」院長惋惜的說。

❀

陳玄霖一整天下來都沒有跟宋雅嫻還有董若蘭互動，他釋放出來的低氣壓都使其他同學不太敢上前跟他搭話。

放學時，宋雅嫻猶豫一陣，最後走出校門口時叫住他：「陳玄霖！」

陳玄霖腳步一頓，接著緩緩轉過頭，看著宋雅嫻的目光顯微複雜。

「我們……」宋雅嫻吶吶說：「聊一下吧？」

「妳還記得這裡嗎？」陳玄霖站在國中校園的司令台旁如此問道。

宋雅嫻微微一頓，僅莞爾：「當然知道。」

這裡，曾經是她跟陳玄霖，以及賴郁婷三人一同在這裡吃中飯及聊天的地方。也承載了許多的回憶。

屬於他們三個人的回憶。

「我下午想了非常多。」陳玄霖開口：「其實郁婷在跟我交往時她對我付出非常的多，一開始以為妳喜歡韓語諺時，我非常的難過，但我也不想放棄跟妳之間的友情，郁婷那時候就跟我告白，甚至還說，如果跟她交往可以忘掉妳她也無所謂。」

「不過，這對她太不公平了。」陳玄霖繼續說：「我一開始是拒絕她的，不過後來我們也越來越會互說心事，我發現我們兩個很像，只是郁婷比我還勇敢，她至少會說出來，而我不是，然而卻因為她……錯失了可以跟妳告白的時機。不過，我又回頭想，假如郁婷當初沒有這樣說的話，我還會跟妳告白嗎？」

宋雅嫻聞言望向他，只見他苦笑：「我想了很久，發現還是不會。因為我就是膽小鬼。」

在這件事情裡，好像沒有絕對的對與錯。

賴郁婷雖然不該這樣從中作梗，但她對陳玄霖的感情非常的真，對宋雅嫻因為疙瘩起初產生隔閡也是如此。

太注重對方，卻也忍不住傷害了對方。

「不過，你也在這段時間，真的喜歡上郁婷了，對吧？」宋雅嫻問。

陳玄霖咬牙，隨後閉上眼點頭。

「郁婷對我的用心我都看在眼裡，只是我真的不知道，她竟然這樣……」陳玄霖便沒有說下去。

我們錯了嗎？

賴郁婷真的做錯了嗎？

但是沒有說出口，把機會拱手讓人的人，不就是自己嗎？

到了隔天，賴郁婷還是沒有來學校。

宋雅嫻跟董若蘭站在後方，看著賴郁婷那空下來的位子。

董若蘭不知該說什麼，陳玄霖也是繼續維持他的低氣壓。面對於這樣的情形，她真的愛莫能助。

「雅嫻，我們還要相處三年。」董若蘭開口：「我們真的都要一直這樣下去嗎？」

宋雅嫻不語，因為董若蘭的疑問也是她的疑問。

她其實也想跟賴郁婷好好談談，但每次只要想到賴郁婷對她說過討厭她這種話，即便不是真心，但是勇氣總是會削減一半。

陳玄霖這時站起身，走到宋雅嫻跟董若蘭面前。

「董若蘭其實說的沒錯。」陳玄霖開口：「我們真的要一直這樣下去嗎？」

「不知道。」宋雅嫻回應。

「那你呢？」董若蘭反問。

「我覺得，這一次也許是可以說開的機會。」陳玄霖抿唇，說：「前提是雅嫻願意的話。」

「但我想另外跟她約時間。」陳玄霖苦笑：「儘管她做了這種事情，但我發現……我真的放心不下她。」

董若蘭看了看宋雅嫻的側顏，卻發現對方沒有任何的反應。

「我知道了。」宋雅嫻莞爾：「我放學直接去找她。」

「我陪妳去吧！」董若蘭自告奮勇。

宋雅嫻看向她，只見她笑嘻嘻的說：「郁婷也是我的朋友，我也是希望可以藉由這次的機會……能跟她變得更親近。」

陳玄霖微笑點頭：「妳們如果過去的話，我想郁婷一定會很開心的。」

❀

宋雅嫻跟董若蘭此刻站在賴郁婷家門口，隨後宋雅嫻毫不猶豫的直接按下門鈴。

在等待的過程中，宋雅嫻壓抑不住焦躁不安，一直搓著雙手。

「來了。」屋內傳來熟悉的聲音，接著是大門打開的聲音。

賴郁婷微笑的打開門，看到站在門口的宋雅嫻跟董若蘭，嘴角的弧度瞬間僵在原地。

宋雅嫻見狀也只是把頭髮往後撥，之後也看著旁邊。

倒是董若蘭很大方地說：「郁婷，我們來找妳玩！」

董若蘭拉了拉宋雅嫻的袖子，宋雅嫻明白她的暗示，於是點頭：「嗯，我們是來找妳的。」

賴郁婷起初緊緊地抿唇，最後終於鬆口，說：「別一直站在外面，先進來吧。」

屋內空蕩蕩的，使董若蘭忍不住問：「只有妳在家嗎？」

「嗯，對啊。我爸媽都很晚才回來。」賴郁婷生硬的說：「很抱歉，家裡好像……沒有什麼東西可以招待你們的。」

三個女孩就此席地而坐。

「沒關係，妳家裡有麵食之類的東西嗎？」董若蘭又問。

「是有，不過我不會煮。」

「沒關係，我會煮，反正晚餐時間也快到了，就讓我下廚煮麵給妳們吃！」董若蘭興致高昂的說。

「若蘭？」宋雅嫻訝異的說。

「雅嫻妳都已經跟家人說不回家吃飯了，不就是想跟郁婷一起吃飯嗎？」董若蘭眨眼，之後說：「廚房方便借我用嗎？」

「沒關係，我們其實……可以叫外賣。」賴郁婷的眼光猶疑不決。

「放心，在家裡幾乎都是我下廚，所以不用擔心我做的菜太難吃。」董若蘭問：「冰箱有菜跟雞蛋嗎？」

「有。」賴郁婷站起身：「我也來幫忙吧。」

「不用不用，我比較習慣一個人在廚房做菜，在家裡我也是不准爸媽進來的。」董若蘭按住賴郁婷肩膀，說：「妳們就坐在這裡聊天吧。」

宋雅嫻看著董若蘭，然而對方接收到她的視線也僅是眨眼而已。

宋雅嫻微微嘆口氣，以為董若蘭會叫外賣，結果沒想到她竟然用去廚房煮東西為理由，讓她跟賴郁婷獨自在這兒。

原本想說董若蘭在至少氣氛不會那麼的尷尬。

賴郁婷坐在對面，她也是一樣不太自在，想開口打破沉默，卻不知道該如何做。

畢竟吵架吵得有點兇啊……

「那個……」過了沒多久，兩個女孩終於按捺不住，同時開了口。

氣氛又冷了下來。

宋雅嫻清了一下喉嚨，最後開口：「對不起。」

賴郁婷微微睜大眼睛看著她。

「再怎麼生氣，當初也不該在大庭廣眾之下跟妳吵架。對不起。」宋雅嫻又說。

賴郁婷眼眶微微紅了起來，她緊緊抿唇搖頭，接著說：「該說道歉的是我。」

「其實……」賴郁婷再度抬頭，語氣稍稍不穩：「我之前說對那些重話……尤其是我討厭妳、以及覺得筆記本是妳偷的那些，我都不是真心的。我……」

「我知道。」宋雅嫻故作輕鬆的打斷。

賴郁婷抬眸，只見宋雅嫻微笑說：「有誰在生氣的時候還會說出好聽話？說重話的人心裡其實也不好受，我相信我們兩個人感受是一樣的。」

賴郁婷羞愧的低下頭，之後又問：「玄霖他……還好嗎？」

「這我不知道。」見賴郁婷看過來，宋雅嫻說：「這是妳該去關心的，不是我。」

「他……」賴郁婷苦笑，說：「當初的真相他都已經知道了，我想他大概會想跟我分手吧。」

「為什麼這麼肯定？」宋雅嫻似笑非笑的問。

「畢竟我做了這麼過分的事情。」賴郁婷低下了頭。

「郁婷，也許……我們之間沒有絕對的對錯。」宋雅嫻抿唇，說：「也許我跟陳玄霖本來就沒那個緣分，而且，現在的妳對陳玄霖來說是個很重要的人，相信我，他現在喜歡的人是妳。」

賴郁婷的眼淚終於忍不住滑落下來，她掩面哭泣，看到宋雅嫻如此大器，她才發現她心胸有多麼的狹隘。

「呀啊，燙燙燙！」這時董若蘭的叫聲從廚房傳來，宋雅嫻跟賴郁婷同時愣住，也站起身想要去幫忙時，董若蘭又說：「不要過來！我只是差點被燙到而已！妳們繼續聊！不要管我！」

見董若蘭這麼堅持要自己來，宋雅嫻跟賴郁婷互望一眼，最後笑了出來。

一鍋麵就此熱騰騰的送上餐桌，撲鼻而來的香氣使三個女孩立刻食指大動。

麵條加上蛋花以及些許的蔥花，整體上看起來很是美味。

「我們開動嚕。」三個女孩一齊說道，接著各自盛好自己的份量。

賴郁婷看著眼前的兩位女孩，心中不禁感到滿滿的溫暖，還有愧疚。尤其是董若蘭。

「怎麼了，不好吃嗎？」董若蘭接收到賴郁婷的視線於是抬眸問道。

「不、不是。」賴郁婷趕緊吃了一口，說：「很好吃。」

宋雅嫻也微笑點頭，接著比讚的手勢。

董若蘭笑了開來，在賴郁婷眼中覺得挺可愛的。

「我們要聊什麼話題？」董若蘭開口。

「不知道，妳先開頭。」宋雅嫻吃了一口麵。

「那亞倫學長中午帶妳去了哪裡？」董若蘭語出驚人的問出這個問題。

宋雅嫻差點嗆著，這個董若蘭什麼不開，卻開這個話題。

賴郁婷也好奇地望了過來，但欲言又止。

「那個……」賴郁婷開口：「雖然我對謝亞倫的觀感一直都沒有很好，不過，」她看著宋雅嫻，說：「我覺得他對妳的關心滿真切的。」

董若蘭也跟著點頭附和。

「雅嫻，雖然我一直跟妳說謝亞倫這個人不好。」賴郁婷小心翼翼的問：「但是我沒資格去干涉你們的事情，不過最近看你們兩個之間有點不一樣了。」

「他……」宋雅嫻思索一陣，微微一笑：「確實跟表面上不太一樣。」

也因為發現到他的不一樣，因此更為在意。

吃完飯之後，三個人坐在沙發上看著電視，董若蘭跟宋雅嫻時而對著連續劇內容吐槽，而賴郁婷則是微笑的看著她們。

「郁婷，妳也覺得這個部分很扯對不對？」董若蘭問。

「啊？」賴郁婷微微愣住，之後面露歉意的說：「抱歉，我剛剛其實沒有很注意看。」

「哎呀，沒關係啦。」董若蘭笑著說：「是說，我發現我們兩個人關係變親近了呢！」

賴郁婷微微一愣，董若蘭又說：「其實我一直都有把妳當朋友啦，可能是因為我們個性上還是話題方面可能沒有重疊，因此互動的少。所以這次我跟雅嫻過來，我也希望……可以跟妳當更好的朋友。」

董若蘭推了推宋雅嫻的肩膀，表示要她說個幾句話。

宋雅嫻支支吾吾一陣子，之後努力的把心裡的話表達出來：「嗯，因為妳是我們的朋友。就算我們身邊多了個新朋友，我們之間的友誼還是不會變，妳說對吧？」

賴郁婷聞言眼眶立刻紅了一圈，她摀著嘴巴，哽咽說：「對不起，我本來不想哭……但是我真的……太對不起你們所有人了。」

她開始低聲抽泣，說：「我真的值得妳們把我當朋友嗎？不覺得我這個人很自私嗎？」

「哎呀郁婷！不要哭啦！」董若蘭見狀趕緊上前抱住她，溫柔的拍了拍她的背，結果董若蘭的淚腺也瞬間發達起來，她也開始哽咽：「看妳哭我也想哭了啦！」

身旁的兩個女孩抱在一起哭著，使宋雅嫻愣了一下，之後她微笑嘆氣，走過去給這兩位愛哭的女生一個大擁抱。

「不要哭了，我們不是已經和好了嗎？」宋雅嫻笑著說，之後看著賴郁婷，說：「郁婷，既然妳真的對我們感到很愧疚，那麼之後，妳就要加倍對我們好啊。」

賴郁婷用力點頭，但依舊止不住哭泣。宋雅嫻見狀不禁莞爾。

也許，最珍貴的友情就是這樣，不論之前如何大吵，到最後還是會和好如初。

宋雅嫻再次緊緊抱著兩個女孩，三個人在客廳裡，一起哭、一起笑。

經過這次之後，也許她們之間會更穩定、更珍惜。

董若蘭笑嘻嘻地左手勾著賴郁婷的手臂，右手則是勾著宋雅嫻，說：「吃完飯就是再到附近的公園散步，妳們說對不對？」

「沒錯。」賴郁婷微笑回應，此刻她也發現董若蘭跟她的距離加速變近了，她不禁感到開心。

「賴郁婷，既然我們和好了，明天要來上課喔，知道嗎？」宋雅嫻故意說：「不然幫忙抄筆記很累欸。」

「好，我知道了。」賴郁婷微笑回應。不過想到陳玄霖，她的眼眸不禁又暗了下來。

此刻一雙步鞋映入賴郁婷的眼簾裡，看到那雙鞋，她抬眸一望，訝異的看著對方。

「玄霖……」賴郁婷喃喃叫出對方的名字。

「我們就陪妳到這裡了。」董若蘭鬆開了手，說：「之後就是你們的時間了。」

「我……」賴郁婷對宋雅嫻投向求救的眼神，不過宋雅嫻則是拍了她的肩膀，鼓勵說：「妳都有勇氣跟我道歉了，陳玄霖的部分更沒有問題吧？」

賴郁婷抿唇，宋雅嫻微笑說：「我相信妳，加油。」

接著，宋雅嫻看向陳玄霖，微笑說：「加油。」

於是她跟董若蘭先行離開了。

「我們不在那裡好嗎？」董若蘭問：「郁婷需要我們吧？」

宋雅嫻微笑搖頭，說：「這種事情，只能由他們自己說開，我們旁人在一旁並沒有幫助。」

「雅嫻。」董若蘭開口：「妳對陳玄霖……」

「已經完全放下了。」宋雅嫻率先回應，又說：「經過這次的事情，以及私下跟陳玄霖談過之後，我發現我跟他已經完全是過去式了，很多時候，就算兩情相悅，但如果錯過時機，也是回溯不來的了，只能說我們就是沒那個緣分可以當情侶。他跟郁婷才是適合在一起的人。」

「雅嫻，有時候我真的覺得妳好偉大。」董若蘭拉著她的手輕輕搖晃：「我都不敢想，如果我當初沒有跟甚齊告白，他現在假如跟別人在一起，我不知道自己能不能接受這個事實，但也只能自己認了。」

「所以呀，妳比我還勇敢。」

「雅嫻，如果下次妳遇到了喜歡的人，希望妳不要再錯過了。」董若蘭誠摯的說：「因為妳值得人疼，值得人愛。」

董若蘭回去之後，宋雅嫻拿出手機，看了上頭顯示的時間為晚上九點多，最後隨手滑了裡頭的相簿，裡面幾乎都是她跟賴郁婷、陳玄霖還有董若蘭的合照。

原來，他們早已是她生活的一部分，也無關愛情。

接著她滑到謝亞倫的照片，那是那一天他們經過蘆葦花海時，她宣稱說要拍下他醜照的照片。

沒想到居然還好端端的躺在她手機裡頭，也從未想過要刪掉。

由於這陣子要忙考試，花滅曾經說過他會減少跟她通信的次數，若是以往她會感到無聊，覺得好像少了什麼。

但經過這段時間有謝亞倫的出現，她卻覺得，好像也沒有少了什麼。

很多時候，事情的答案明明攤在眼前，卻因為自己情感的蒙蔽而選擇視而不見。

❀

隔天到了學校，賴郁婷已經坐在位子上讀書，然而陳玄霖就跟平常一樣，站在她身旁，也去買了牛奶給賴郁婷。

看著這對情侶恢復到以往的模式，宋雅嫻不禁莞爾。

賴郁婷看到宋雅嫻，便微笑走向她，說：「等等我們去福利社。」

宋雅嫻微笑點頭。

「我也要去！」董若蘭一蹦一跳的出現。

「好啊，一起去。」賴郁婷微笑回頭，說：「玄霖，走吧！」

儘管有些同學還是多少還是會很好奇宋雅嫻他們之間的事情，不過，就給他們去說吧，她相信經過這次，她跟賴郁婷的感情會越來越好，賴郁婷跟董若蘭也是如此。

宋雅嫻跟董若蘭在福利社門口等待那對情侶時，謝亞倫走過來說：「遠遠就看到你們四個人走一塊，和好了嗎？」

「是呀，都說開了。」宋雅嫻莞爾說道。

只是這回看到謝亞倫，她的內心不知名的情感，卻悄悄萌芽了。

「亞倫，走了！」不遠處的張子羨呼喊著謝亞倫。

「下次再聊，先走了。」謝亞倫微微勾起嘴角，最後不等宋雅嫻回應便直接離開。

宋雅嫻依舊傻愣愣地看著他離去，直到董若蘭走過來輕拍了一下她的肩膀。

❀

療養院裡的走廊充斥吵雜聲，接著是病床輪胎滾動的聲音。

從早上到現在，一刻也不得安寧。

「該通知家長了吧？」

「病人的狀況直線下降，雖然有預料到這樣的情況，但是突如其來的狀況還真的有點讓人錯愕。」

「我已經通知家長了！」

在一旁跟院長敘舊的謝亞倫聽到這段對話，目光不禁望去。

「這一天果然還是會到。」院長語重心長地說。

「您是說宋雅君嗎？」謝亞倫問。

「是呀。這時候，又要再次面臨殘酷的選擇。」院長莞爾，說：「不是每個人都能瀟灑的做出決定，你說是吧？亞倫。」

院長說完便過去看看有沒有什麼地方需要支援的，他也沒有錯過院長再次提醒：記得通知家屬。

「不用救了，救起來也不能動。」

「反正我們還有一個兒子，抗壓力不夠強的人不配當我兒子。」

宋雅嫻，妳會聽我的話，選擇放妳妹妹離開，還是繼續讓她困在無法自由行動的人間？

而所謂的人間，即是煉獄。

不論是活在這世界上的我，還是宋雅君。他心想。

急忙的腳步聲從他後頭傳來，他對上那雙錯愕的目光，他沒有太大的反應，僅是微微一笑。

「說人人到，我剛正在思考妳的事情。」謝亞倫的笑不是笑，「宋雅嫻。」

宋雅嫻眼睛微微睜大，眼眶裡的淚水隨時都會落下。

她緩步走來，護理師問她其他家屬呢？她僅回都在路上。

因為她是在放學的時候收到訊息，於是她直接坐上公車先來這裡，而宋父宋母則是提早打烊，也趕緊奔過來。

「雅君……」宋雅嫻想要往前，卻被護理師攔住，「抱歉，我們先為病人做個急救，不過請你們家屬要有心理準備，這一次，真的要好好的做準備了。」

宋雅嫻傻愣愣地看著自己的妹妹被推進附設的手術室，她回頭望向他，「你聽得懂護理師在說什麼嗎？」

謝亞倫微微撇過頭，說：「是要妳做出選擇的話。」

「什麼選擇？」

「讓妳妹妹解脫，還是讓妳妹妹繼續痛苦？」謝亞倫說：「之前我試著要跟妳討論這個話題，妳都很巧妙的閃過，這一次，妳閃不了。」

宋雅嫻忍不住哭了起來，她邊哭邊說：「我不要選！為什麼是我選！」

「可不可以面對現實？」謝亞倫雙手放在她的肩膀上，眼光也閃過一絲複雜的情緒。

宋雅嫻不停搖頭，看著眼前的人，她真的打從心裡不知道自己該做什麼選擇。

「宋雅嫻。」

「你不要再說了！」宋雅嫻遮住耳朵，哭喊著：「拜託你不要再說了！」

這時宋父宋母以及宋俊凱及時趕到，宋母紅著眼眶，問：「現在情況怎樣了？」

「不知道，聽說雅君不太樂觀。」宋雅嫻啞了聲。

全部人都在外頭等著，但心裡的猶豫跟焦慮交互拉扯，深怕自己接下來要面臨選擇，然而不管選哪個方向，都令人煎熬。

宋雅嫻呆坐在位子上，謝亞倫則是一語不發的坐在她身旁。

眼前的景象，似曾相識。

門一打開，醫生那沉重的眼神，使宋家人都不禁感到不安、但內心卻有了底。

恍惚之間，宋雅嫻好像聽到了一陣聲音。

這回，好像真的要說再見了。

只想說，我好愛你們，非常的愛。

「病人狀況其實已經到了極限，身為家屬的你們要做個決定。」

宋雅嫻抬眸看向裡頭，正好看到宋雅君那蠟黃的臉。

雖然她不願意面對這樣的情況，但謝亞倫說的對，讓她繼續這樣受苦，是真的愛她嗎？

謝亞倫把手放在宋雅嫻的肩膀上，宋雅嫻微微一頓，接著眼淚再度潰堤。

宋家的人也都愣愣站在原地，果然，還是來到了這必須做選擇的地步了嗎？

「雅嫻！」

在宋雅嫻意識飄忽之際，她聽見了大家焦急呼喊她名字的聲音。

她忘了她有沒有回應，只是覺得好累、好累……

最後倒在謝亞倫的肩膀上。

再次睜開眼睛時，她躺在一張床上，宋母發現女兒醒來，趕緊過去，然而所有人也過去關心。

大家都眼眶都非常的紅，宋雅嫻也注意到站在門外，但是卻背對著裡頭的他。

「媽。」看到大家這麼悲傷的面容，宋雅嫻還是問了：「雅君呢？她沒事吧？」

宋母聞言瞬間淚崩，一度哭到說不下去。

宋父忍住淚水，最後還是張開顫抖的雙唇，說：「雅嫻，妳不要太難過，雅君她……去當天使了，她已經沒有病痛了。」

宋雅嫻聞言只是呆住，彷彿受到很大的震驚，連流淚都忘了。

她接著下床，往門奔去，想要去找宋雅君。

站在門邊的謝亞倫看著她紅著眼眶跑來，於是趕緊攔住她，略帶厲聲問：「妳要去哪？」

「找雅君啊！」宋雅嫺異常冷靜，說：「她在等我！等我去找她啊！」

「妳夠了！」謝亞倫說：「宋雅嫺妳夠了。妳明明就知道妳妹已經不在了，接受事實好嗎？難道真的要我戳破妳的自以為嗎？」

宋母趕緊上前，紅著眼眶安撫女兒：「雅嫺妳乖，其實我們最後會做這個決定也是掙扎了很久，我們也不希望看到雅君繼續受苦……我們不能這麼自私，硬要讓她承受不該承受的痛苦啊……」

「如果當初……我沒有讓雅君自己一個人，她今天是不是就不會這樣了？」宋雅嫺喃喃問：「所以就是我害死她的對吧？那如果我願意用我自己去換，她會回來嗎？她會回來的吧？」

宋雅嫺這席話嚇傻了在場所有人，宋母也是愣了一下，接著出手賞了她一巴掌。

「老婆，不要這樣！」宋父趕緊阻止。

「妳知道妳在說什麼嗎！」宋母終於忍不住咆哮了起來：「什麼叫作拿妳去換雅君！妳怎麼可以說出這種話！我已經失去雅君了，我就只剩下妳跟俊凱了！我死都不想看到你們離開我！妳為什麼這麼不孝！」

宋父跟宋俊凱安撫著宋母，接著宋父看著宋雅嫺，啞聲說：「雅嫺，我知道雅君的離開對妳而言打擊會非常的大，我跟妳媽媽也是如此啊……但換個角度想，也許是雅君跟我們的緣分就真的這麼的淺，她的離開也告訴我們要更珍惜家人，所以我們要好好的連她的份活下去。雅君沒有離開，我也相信她不會離開，她只是在很遠的地方看著我們。妳想想，如果雅君看到跟她感情最好的妳變得這麼自暴自棄，她會好受嗎？」

宋雅嫻看著哭泣的媽媽，也忍不住落淚懺悔：「對不起，對不起爸媽，我真的不是故意要說那種話的……我不應該只有想到自己，對不起……」

宋雅君離開的那一晚，宋家每個人心痛程度都是一樣的。

「我晚點回去。」宋雅嫻看著父母莞爾道：「我不會有事的，我只是想要好好沉澱一下，我不想把悲傷的情緒帶回家，因為雅君……可能現在會回家吧。」

宋母雖然面露哀傷，但是身為母親的她要做個榜樣，自己要先堅強，才能帶著孩子走過這段悲傷。

「好，手機不要關機，媽媽要找妳的時候妳一定要接電話。」宋母吸了吸鼻子，之後摸上宋雅嫻的臉，難過問：「疼嗎？」

宋雅嫻微笑搖頭，宋父聞言也點頭，「也好，出去走走也不是壞事，不過女孩子不可以太晚回家知道嗎？」

「我知道。」宋雅嫻點頭。

宋雅嫻轉身離開，其實宋家父母很了解女兒的脾氣，硬是要她回家，也只是在鑽牛角尖，不如先照她的意思讓她去散心，還比較好一點。

「我去陪雅嫻吧。」謝亞倫這時開口。

「你嗎？」宋母微微訝異。

「有時候很多事情無法輕易跟家人訴說。」謝亞倫微微勾起嘴角，「雖然不是我在吹牛，不過，我跟雅嫻某種程度上算挺熟的。所以我可以在她後面保護她，不讓她出意外。」

宋父跟宋母對謝亞倫點頭同意之後，謝亞倫便直接離開。

❀

宋雅嫻走來河岸邊，看著河裡倒映著月亮，她見狀不禁莞爾。之前聽說過，心情不好時，可以來這裡坐坐，她決定效仿，在草皮上坐了下來。

沒多久，有人直接坐在她身旁，她不用回頭也知道是誰。

「你怎麼會過來？」

「就想過來。」

宋雅嫻笑了聲，說：「我不會有事的。」

謝亞倫看著她，她也回望。

「其實妳早就有心理準備了吧？」

「就算有。」宋雅嫻不禁哽咽：「也被你狠狠撕開了，就算有做準備，還是很痛，你知道嗎？」

什麼堅強？在家人面前裝作的堅強，遇到謝亞倫卻也全數瓦解。

「我知道。」謝亞倫說。

宋雅嫻不語。

「所有的痛累積起來，就不會痛了。」謝亞倫說：「新的傷口一直加上去，原本的傷口就不會痛了。」

宋雅嫻微微一愣，之後依舊沉默。

但是沉默了好一陣子，她又開口：「你哥哥當初離開時，你一定很難過吧？」

「嗯。我媽那時候也住院了一陣子。」

「你……」宋雅嫻垂下眼簾，說：「很辛苦吧。」

「嗯。不抱任何希望，所以活得很辛苦。」

她的心微微一揪。

「痛的話，直接哭吧。」謝亞倫說：「不然回家妳就哭不出來了。」

「你很奇怪，一下子要我接受事實，一下子要我哭。」

謝亞倫露出溫和的笑顏，什麼都沒說，只是摸著她的頭。

人的情緒真的很怪，只要有人說哭吧，情緒跟淚腺就真的開始不聽使喚。

宋雅嫻開始淚崩，打從內心被扎根的痛、不能在家人面前表現出太難過的樣子，堅強的背後早已淌了一池的血。

「哥哥！」

「英倫、英倫！」

回憶裡，一具冰冷的屍體躺在床上被白布蓋著，謝詩倫跟謝母哭倒在一旁，他只是站在一旁看著眼前的一切，謝父則是從頭到尾都沒出現。

哭著哭著，謝母突然暈眩過去，在她醒來之後，情緒上也時常控制不住脾氣，於是他最常被拿來當出氣包。

他不痛嗎？

原以為對所有情感麻痺的他，看到宋雅嫻抽泣著，沒來由的，他環住了她，輕聲說：「妳的痛我可以替妳扛著，所以妳盡情哭吧。」

這時，好像有哪裡不一樣了。她心想。

在痛徹心扉的同時，好像又有別的情愫萌芽了。

❀

處理完宋雅君的後事之後，宋家一家人才深刻體會到宋雅君已經不在的事實。

期間，陳玄霖跟賴郁婷還有董若蘭有來捻香，也順便陪陪宋雅嫻。

「雅君去當小天使也不錯，我們要替她開心。」董若蘭如此說道。
賴郁婷則是抱著宋雅嫻，用手輕輕地拍著她的背。
宋雅嫻微笑搖頭，表示她沒事。
不過這時她的手機震動了一下，是謝亞倫發來的訊息。
「如何？」
雖然只有短短兩個字，但是宋雅嫻明白那是屬於謝亞倫的關心。
回想起那一天，她在他懷中痛哭失聲，但是那個時候，卻也只有他可以讓她宣洩。
他也只是靜靜的，聽著她痛哭。
只是他也悄悄地、情不自禁把手輕輕的放在她的背上。
心也微微痛了起來，不知道是觸動了他不願想起的回憶，還是他的情感起了變化。
這樣的他，有餘力去愛家人以外的人嗎？

❀

一日，謝亞倫站在病房前，沒有走進去。
「哥！」
一轉頭，看到謝詩倫拿著水走了過來。

「媽怎麼了？」他問。稍早，他接到了謝詩倫的通知，關於謝母住院的消息。

謝詩倫嘆了一口氣，說：「騎機車被酒駕撞到，傷到了腿，但不嚴重，只是要住院一段時間。」

「爸沒過來嗎？」

「有，來繳醫藥費就走了，說公司有事情。」

「有事情？」他小聲的自問。

「哥你說什麼？」謝詩倫沒有聽見他剛剛說的話。

「沒事，我們進去看媽吧。」

謝母已經醒來了，她見到孩子們走進來，只是把手放在被子裡。

「詩倫，可以麻煩妳去幫媽媽去買碗粥嗎？我有點餓了。」謝母微笑問道。

「好哇。」謝詩倫點頭，說：「哥，這裡就麻煩你了。」

謝亞倫點頭，但他知道，其實謝母是故意引開謝詩倫的。

謝詩倫離開之後，謝母果然變回那張撲克牌臉，她冷冷說：「只有你在你媽快死的時候才會出現吧？」

「妳有好一點了嗎？」謝亞倫問。

「好得很。我不這樣做，你會出現嗎？」

謝亞倫愣在原地，喃喃問：「媽難道妳？」

「我是真的被撞，只是我是故意衝出去的。」謝母看了看自己的手，只見她的手上了護腕，若無其事的說道：「幸好傷得不重。」

「妳怎麼可以拿自己的命開玩笑？」謝亞倫放大了音量。

「那你呢？跟你爸去聚餐之後完全蒸發，我都找不到你，不知道的還以為你陪英……」說到這兒，謝母突然噤聲。

謝亞倫沒有回話，他壓抑著心中的波濤洶湧，如果可以他很想痛罵眼前的母親，她還有謝詩倫，還有家庭，怎麼可以為了他做出這麼不理智的事情？

不過，母親生病了。他知道，但是有時候不是很能理解。

「媽妳既然沒事，那我先走了。」

「這麼現實，非得要我出事你才會留下嗎？」

謝亞倫握緊拳頭，忍不住說：「妳夠了。」

謝母也愣住了，謝亞倫則是繼續說：「妳可別忘記妳還有一個女兒，我也一直知道妳一直在我身上找哥哥的影子，只要找不到妳就拿我當出氣筒，這些我可以忍，可是妳的行為越來越極端，就算妳不為自己想，妳也要為妳的女兒，為了妳的丈夫，為了愛妳的人想！」

不等母親回應，謝亞倫直接頭也不回的走出病房。

❀

宋雅嫻跟董若蘭走出校門口時，恰巧遇到胡甚齊。

「嗨！」胡甚齊打了招呼。

宋雅嫻微笑點頭，之後跟董若蘭說：「明天見。」

「等一下！」胡甚齊突然開口，之後臉色微微凝重的對宋雅嫻說：「妳有跟亞倫聯絡過嗎？」

聽到謝亞倫這個名字，宋雅嫻的心微微一跳，接著搖頭，但看到對方臉色不太好，她不免擔憂的問：「怎麼了嗎？」

「亞倫他兩天沒有回來了，電話也沒有通，問他妹妹也不知道，我也不敢說其實兩天沒見到他了。」胡甚齊懊惱的說：「真的是，我知道他會自己躲起來，但沒遇過失蹤這麼久的，我以為他會跟妳聯絡，結果也沒有。」

「也許他只是出去散心，今天就會自己回來了。」董若蘭出聲安慰。

「但還是會擔心啊，他就像我弟弟一樣嘛。」胡甚齊嘆了一口氣：「雖然他才十八歲，但他的性格跟處事卻已經超齡了，所以他內心的想法連我都摸不透。畢竟他不是個會說自己事情的人。」

宋雅嫻開始思索謝亞倫會去哪。

但是說實在的，她跟他其實沒有說到很了解，他們也是最近才開始變熟的。

看著一旁堆疊起來的信，那是花滅之前寫給她的。對耶，也好久沒有跟花滅通信了。

謝亞倫出現後，花滅出現的頻率也少了。

到底怎麼了？她不免擔心了起來。

在街上走著走著，她試著在人群中尋找他的身影，每個小角落也不放過。

最後，她走到了河堤，上次在他懷中崩潰的那個河堤。

有個人坐在草坡上，身邊散落著幾瓶啤酒。但光看那個人的背影，她便認出了他。

Chapter 9

失蹤好幾天的謝亞倫坐在河堤，他發呆似的看著河岸，手邊也重新打開了啤酒。母親生病了，父親對自己不聞不問，妹妹什麼都不知道，自己還極力的對她隱藏真相。隱藏家庭醜陋的真相。

他仰頭直接喝完一瓶啤酒，這時身旁坐了一個人。

他微微一愣，但隨即收起他的目光。

「你去哪了？」宋雅嫻劈頭問：「甚齊學長一直在找你。」

謝亞倫沉默一陣，原先以為他不說話，這時卻突然開口了：「去民宿住了幾晚，想要一個人靜一下。」

宋雅嫻頓了一下，擔心的神色完全展現在臉上，她不免唸道：「再怎樣也不能把手機關機吧？我們都找不到你，很擔心欸！」

謝亞倫原先飄渺的目光瞬間清晰了起來，他抬起頭，問：「擔心？」

「對啊！我要打電話給若蘭，請她轉告甚齊學長我找到你了。」宋雅嫻拿出手機的同時，謝亞倫隨即壓下她的手。

她微微一愣，接著對上他不解的目光。

「為什麼要擔心我？」他問。

她不語，與其說是不語，倒不如說她自己也不知道。

就是不希望他發生了什麼意外。

「你怎麼了？」這句話就這樣從她口中說了出來。

從小到大，他根本不知道被擔心的感覺是什麼。

父親跟母親的我行我素從未考慮到孩子，能擔心他的人也早已不在，他已經多久……沒有體會過這種心情了？

也許是酒精麻痺了他的感官跟思考，他的眼眶不禁紅了。

宋雅嫻第一次看到這樣的謝亞倫，心也不禁跟著一揪。

「我怎麼了？」他笑了聲：「我也不知道我怎麼了。我只是覺得，活著真的很累，但是我沒有勇氣去自我了斷。」

宋雅嫻聞言頓住，「不能死！」

他抬眸對上她堅定的雙眼。

「是你陪我走過雅君剛過世的悲傷，雖然我現在還是很難過，但是有你在我才能稍微可以面對現實，還有，在我跟郁婷還有陳玄霖起衝突時，也是你願意聽我說，毫不避諱的說出我的問題點。總總下來的相處，你是我少數願意說出心事的人。」宋雅嫻吐了一口氣，又說：「所以，這世界上一定有關心你的人，除了我，還有甚齊學長！你不是孤單一個人！」

謝亞倫先是看了她一會兒，之後忍不住失笑：「妳不覺得我之前對妳說過的話很討厭嗎？老實說，我蠻訝異妳會說這種話，甚至覺得妳或許很討厭我。」

宋雅嫻抿了唇，之後說：「知道你的為人就不討厭了。」甚至現在還開始有點……在意？

謝亞倫也許累了，他冷不防往旁邊倒，宋雅嫻趕緊拉住他，卻使他往反方向，轉而倒在她肩上。

一股溫熱的液體滴落在她手背上，她微微一愣，之後聽見一絲微弱的啜泣聲。

「我好累……怎麼辦？」他低聲說道。

他一直重複好累這個詞，卻一次也比一次更壓抑。

宋雅嫻的心越揪越緊，她的心跳彷彿真的因為這個人開始跳動。

她伸手環住他，試圖給他一點溫暖，還有希望。

「別怕，我在這。」她輕聲說道，也不確定對方是否有聽見。

「亞倫！雅嫻！」胡甚齊跟董若蘭沒多久就出現在河岸，他們兩個趕緊過來，看到滿臉淚水的謝亞倫，以及倒在他一旁的啤酒罐。

「可見又是家裡的人給他壓力了。」胡甚齊蹲下身，心疼的看著他說道：「即使逃跑了，但血緣關係依舊逃不了的，對吧？」

看到胡甚齊手上拿著一條看似眼熟的手鏈，她不禁一愣，脫口：「花滅？」

胡甚齊微微一愣，之後說：「妳果然就是傳說中的『花開』對吧？」

宋雅嫻很是錯愕，自己一直以來認為的花滅，居然是胡甚齊嗎？

胡甚齊見她這樣的反應，不禁失笑，說：「這手鏈是他的，不是我的。」他指了指謝亞倫。

一旁的董若蘭幫腔：「是啦，那條手鏈確實是亞倫學長的，其實我們已經有猜到你們應該就是對方的筆友，而我跟甚齊也覺得是時候該找時間讓你們相認，不然等到你們自己發現，好像要等很久。」

宋雅嫻拼湊起先前跟花滅的通信，對方偶爾也會說出犀利的話，謝亞倫也是如此。難怪，給人熟悉的感覺果然錯不了。

「……原來，真的是你。」

胡甚齊又開口說：「聽他妹妹說他媽媽前幾天車禍住院，亞倫有去看她，只是可能不知道他媽媽又對他說了什麼。但是看他這樣還倒是第一次。」

「辛苦妳了，我現在要把他帶回去了，不然丟他一個人在這裡喝悶酒，挺奇怪的。」胡甚齊說完便直接扶起謝亞倫：「妳早點回去休息，知道嗎？」

「你先回去吧，回到家跟我告知一聲。」董若蘭對著胡甚齊如此說道。

胡甚齊攙扶著謝亞倫離開的背影，直到完全離開宋雅嫻的視線，她依舊捨不得移開。

董若蘭輕輕拉了她的手，溫聲說：「我陪妳走一段路吧。」

知道好友心情非常的亂，她只能默默的陪在她身邊。

宋雅嫻明白她的用意，她莞爾：「謝謝妳。我想先在這坐一下。」

「好，那我也在這陪妳。」

兩個女孩吹著風，看著河岸上倒映的燈光。

「妳怎麼不是很訝異亞倫學長就是妳的筆友呢？」董若蘭好奇問。

「我其實比較訝異你們會發現。」宋雅嫻莞爾：「畢竟我之前其實心裡就有底了，只是我們都不去求證。」

一切也都說的過去了。花滅說過，他跟她住在同一個城市。他的建議有時候也跟謝亞倫一模一樣。

一直以來，陪在她身邊的人，早就已經出現。

相認的情況也不像電視上演的這麼激烈浮誇，反而出奇平淡。

「若蘭。」

「嗯？」

「我，」她喃喃說：「好像越來越在意他了。」

❀

眼睛一睜開，映入謝亞倫眼簾是熟悉的天花板。

他眨了眨眼，發現自己似乎哭過。

坐起了身子，放在額頭上的毛巾也落了下來。

記憶停留在他昨晚坐在河岸喝酒，之後宋雅嫻來了，以及最後她擔心的眼神。

「醒啦？」胡甚齊端來了一杯檸檬水，說：「幸好有找到你，不然我真的要去報失蹤人口了。」

謝亞倫坐起身接過檸檬水，宿醉帶來的不適似乎開始了。

胡甚齊突然用手輕拍了謝亞倫的頭，心疼說：「你啊，承受的好像比我想像中的還要多。」

「我昨天……做了什麼嗎？」

胡甚齊搖頭，但之後說：「但是，請你原諒我昨天做的事情。」

見謝亞倫疑惑抬頭，胡甚齊說：「宋雅嫻就是花開。我已經把你是花滅的事情告訴了她。」

「你……」謝亞倫睜大雙眼，反應跟宋雅嫻天壤之別。

「你其實心裡有底了吧？」胡甚齊涼涼的說：「雅嫻的反應其實不是很意外喔，她應該有猜到你就是花滅了。」

聽到宋雅嫻這個名字，昨晚那零星的對話隨即在耳邊響起。

「不能死！」

「所以，這世界上一定有關心你的人，除了我，還有甚齊學長！你不是孤單一個人！」

「知道你的為人就不討厭了。甚至現在還開始有點……在意？」

「我要去上課了，你身體不舒服就在家休息吧。」胡甚齊揹上背包：「有什麼事情隨時打電話給我，我中午過後就沒課了。」

胡甚齊出門之後，謝亞倫只是又躺了回去。
他閉上眼，心還是感到微微的刺痛。
昨天用酒精麻痺了感官，卻使感官失控了。
他用手遮住雙眼，現在的他只要想到宋雅嫻，就莫名的想哭。
她昨天說出的溫暖話語，讓長期承受家人冷言冷語的他，感到無所適從。
畢竟他已經接受這麼多的惡意，已經沒差了。
卻沒想到自己還會被人重視。

❀

中午的天空如此湛藍，宋雅嫻躺在操場後方的長椅上，看著上面的樹葉遮住了一部分的陽光，對應著天空的藍。
她思考著昨天的事情，也思考著自己對那個人的情感。最後站起身子，往一個方向堅定的奔去。
謝亞倫中午就來學校了，儘管身體不適，他也不想要一個人在家。
他趴在圍牆上，幾個女孩子走向了他，手裡還拿著餅乾。這一幕被剛趕到的宋雅嫻看在眼裡。
待那些女生離開之後，他轉頭過去，卻看到宋雅嫻站在不遠處。

她見狀抿著唇，接著邁開步伐。

「花滅。」她開口：「這樣叫你應該沒錯吧？」

「……」謝亞倫不語。

「你應該也早就知道我是花開了，對吧？」宋雅嫻問。

似乎，關係逐漸開始轉變了。

一直以來未曾謀面、一直以來用著低頻率的通信方式在聯絡，以這樣的形式陪伴彼此。

也早已……視對方為生命中最特別的存在。

謝亞倫沒有正面回答，他僅問：「有什麼事情嗎？」

「有！」宋雅嫻那充滿炙熱的眼神，竟然讓他開始害怕了起來。

內心那不聽使喚的情感，使得他此刻非常的無所適從。

「花滅，我……」

「不要喜歡我，妳會後悔。」

宋雅嫻愣在原地。

「因為妳說出口，我就必須要遠離妳。」謝亞倫撇過頭：「跟我在一起，妳只是會更辛苦而已。」

「我可以……」

「妳不能。」

謝亞倫說完，便直接離去。
因為自己不懂愛，如果就這樣接受她，她將來只會因為自己而不幸。
就算喜歡，就算對她有感情，因為她太過特別，所以更不能擁有。
反正已經傷心習慣了，不差這個。
但是，他的眼淚也還是無意識的掉了下來。
宋雅嫻輕咬下唇，她知道自己會被拒絕，但沒想到對方竟然不願意聽她說出口。
雖然對於多年以來的筆友在身邊在心底有底，但宋雅嫻也知道自己不是魯莽地要找他告白。
在很早之前，她早已把花滅這個人、這個一切都放在心裡了。
她清楚得很。
她也知道他是個受傷的人，光鮮亮麗的外表只是假象。
她想陪他，也想跟他一起分擔。
謝亞倫真實的一面總是被她看見，而她的心事他也總是能看破。
難過的不是被拒絕，難過的是花滅竟然連開口的機會都不給她。
以前都是他聽她說，這回，她也希望他可以試著相信她、依賴她呀。

❀

「喂喂喂，別再吃了。」陳玄霖錯愕的拿走那盤水餃。坐在對面的賴郁婷也看傻了眼。

「幹嘛？」宋雅嫻有點不耐：「我吃東西妨礙到你了嗎？」

「對，妳要不要看妳吃了多少？」陳玄霖指著一旁的盤子：「一盤水餃十顆，妳這盤已經是第三盤了。」

宋雅嫻放下筷子，微微嘆了一口氣。

「妳心情不好胃口才會那麼大。」陳玄霖皺眉問：「妳怎麼了？」

宋雅嫻看了看賴郁婷，陳玄霖見狀也知道自己好像說了不得了的話，於是他趕緊解釋：「不是、不是這樣的，因為我跟雅嫻就認識的久，所以……」

「我知道，我不會想太多了啦。」賴郁婷失笑：「不用那麼緊張好嗎，我們都已經說開了不是嗎？」

陳玄霖鬆了一口氣，之後賴郁婷小心翼翼問：「雅嫻，是不是……妳跟謝亞倫發生了什麼事情？」

宋雅嫻沉默，臉色也已經說明了一切。

聽完大約的來龍去脈之後，賴郁婷先是點頭，最後說：「我好像可以理解他的作為。」

「畢竟他也不是個會輕易向旁人說心事的人啊，如果雅嫻沒有自己發現到，她搞不好也不知道謝亞倫背後的事情不是嗎？」賴郁婷說：「給他一點時間吧，何況我覺得，謝亞倫其實對妳的態度算特別了。」

「他對雅嫻態度就差啊！」陳玄霖不滿的說。

「你真是有夠直腦袋。」賴郁婷翻了個白眼：「難道他如同過去之前對其他人都很好，那就真的是真心對人好嗎？如果說他對雅嫻態度比較不一樣，代表說他對她有一定的信任在啊！」

「這個男生還真難搞欸。」陳玄霖搖頭：「雅嫻，如果真的要跟他在一起，妳真的會很辛苦。」

「……我已經心裡有底了。」何況，他也算是最了解她的人。

走出小吃店之後，賴郁婷挽著她的手，說：「如果心情還是很不好的話，可以打電話給我，我陪妳聊天，不要一個人悶在心裡頭，知道嗎？」

「雅嫻，妳值得更好的。」陳玄霖也說。

「是呀，我們都希望妳可以得到好的感情。」賴郁婷抿唇：「不過，妳的感受最重要，但我們身為妳的好友，也不希望妳太過受傷。」

宋雅嫻聞言感動一笑，說：「我知道，我沒事的。」

走在路上，宋雅嫻思索接下來該如何跟謝亞倫相處，結果卻沒有注意到前方的人，就這樣撞到對方的背。

「對不……」當看到對方時，宋雅嫻頓時噤聲。

對方也認出了她，也許是想起前些日子，於是語氣也不友善：「是妳？」

宋雅嫻認出這個人就是之前在旁人社教室騷擾董若蘭的挑染男孩，她把最後一個「起」字給吞了回去，於是直接轉過身子走人，卻沒想到對方竟然拽著她的手臂硬是把她轉向他。

「幹什麼？」她不滿的問。

「學妹，基本禮儀還是要有吧？」挑染男孩訕笑問。

「基本禮儀？」她笑了聲，說：「就憑你？你有資格說這個嗎？」

「妳知道什麼叫作瘋子嗎？」他笑著說：「因為瘋子是不會看對象的，我連手無寸鐵的女孩都敢修理，誰叫妳上次阻擾我跟若蘭告白？在學校無法動你們，校外總行了吧？」

他舉起手，宋雅嫻雙手遮住自己的頭部，但下一秒突然有人快速介入他們中間，接著，卻聽到那個挑染男孩跪地哀嚎的聲音。

有個熟悉的身影擋在她面前，她不禁眼眶熱了起來。

謝亞倫冷冷的俯視著挑染男孩，說：「居然動手打女生，你要不要臉？」

「又是你？」挑染男孩怒火中燒，踉蹌的站起身罵：「你是她男朋友是不是？每次她有危險你都會出現！既然你這麼愛當英雄，我這回就讓你當個夠！」

說完，他便直接往謝亞倫臉上揮一拳。

「謝亞倫！」宋雅嫻驚叫：「不要打了！」

但是謝亞倫沒有聽聞宋雅嫻的叫喊，他不甘示弱，也直接往那位挑染男孩臉上回敬一拳，兩個人就在暗巷外打了起來。

沒多久，謝亞倫被壓在地上打。

「不要打了！」宋雅嫻衝過來對那位挑染男孩又推又打。但眼前的景象、打鬧的聲音開始離他越來越遠。

「看我怎麼修理你！」

以前的謝父就曾經把他推倒在地，那一天，是謝英倫過世的隔天。

「你哥不在別以為你沒事，你躲不過身為謝家兒子的宿命，你不優秀，我就鞭策到你變優秀分子！」

謝亞倫費力一推，那位挑染男孩立刻跌坐在地。謝亞倫上前拉住挑染男孩的衣襟，硬是把他給托起來：「打啊！你再打啊！」

「你以為我不敢是不是？」挑染男孩繼續毆打謝亞倫，兩個人繼續扭打成一團。

沒多久謝亞倫被打到嘴角開始破皮流血，宋雅嫻最後奮力一推那位挑染男孩，然而路人也注意到了，大喊著：「幹啥，有人在打架啊！」

挑染男孩見狀趕緊離開，留下謝亞倫跟宋雅嫻。

路人上前關切，謝亞倫搖頭說沒事，接著牽著宋雅嫻的手離開。

對於謝亞倫這樣的舉止，手心傳來的溫度，都使宋雅嫻眼眶泛紅。

「等我一下。」走到藥局時，宋雅嫻趕緊進去買紗布跟優碘。

謝亞倫看著她急忙的跑進去藥局，那關切的眼神只看他一人。

可是，他不痛呀，真的不痛。

才怪。

「會有點疼，你忍著點。」宋雅嫻拿著棉花棒沾上了優碘，正要往謝亞倫的嘴角抹去時，他冷不防的抓上她的手。

「為什麼？」他問。

宋雅嫻明白他的意思，於是她說：「因為擔心，因為喜歡，因為在乎！」

「我不懂這些情感。」

「你懂。」宋雅嫻正色說：「我知道你不給我說出口的理由，可是這樣對我不公平。你說你不懂情感，不是這樣的，你只是用你的方式……在關心我，關心你周遭的人！」

一滴熱淚從她眼眶中流下，她哽咽說：「看你這樣我怎麼可能不心疼。」

看著她哭泣，他的手情不自禁地摸上她的臉，她微微一愣，他也是。

他原先想要抽回，但是宋雅嫻反抓了他的手。

「不要再騙自己了！」她說。

「我說過，妳會很辛苦。」

「不會！」宋雅嫻定睛的看著他：「我不會放棄你，更不會說是辛苦。」

謝亞倫先是深深看她一眼，之後無奈嘆了一口氣，說：「看來我一直拒絕下去也沒用對吧？」

宋雅嫻還沒會意過來，眼前的景象卻暗了下來。

謝亞倫用手托著她的後腦勺，深深的在她唇上印下一吻。

抬起臉，由於自己的嘴角滲血，因此剛剛吻宋雅嫻時，不小心讓她的嘴唇也沾上了淡淡血跡。

他微微抿唇，原本想用指腹抹去血跡時，她這回自己吻上，不給他有後悔的機會。

翹開對方的牙關，兩個人相擁相吻，情愫也終於從萌芽，至開花結果。

「我就送妳到這裡了。」謝亞倫溫柔的笑著。

「回去要換藥喔！」宋雅嫻擔心的說。

「我知道。」

「真的不用去醫院嗎？」

「我又沒怎樣，只是小傷而已，去醫院反而會被當作小題大作吧？」謝亞倫失笑：「我會乖乖換藥擦藥，不會讓妳擔心。」

「不可以再這樣了，知道嗎？」宋雅嫻摸了摸先前為他包紮的嘴角，心疼說：「現在想到還是想哭。」

謝亞倫抱著她，溫聲說：「謝謝妳給我這個機會讓我知道愛人的感覺，我會以不讓妳擔心為前提而好好照顧自己。」

她把臉埋進他的胸口，她也是第一次，嚐到愛情的甜頭。

謝亞倫看著她的後頸，最後微微一笑，輕輕的拍著她的背。

宋雅嫻最後依依不捨的轉身離開，原本她先送他回去，但他很堅持，說太晚了，女孩子一個人回去不安全。反而她被他送回來了。

她不停的回頭，那個人也一直站在原地不離開。

彷彿從來沒有離開過。

她停下腳步，最後折回去奔向他，然後抱著他。

「我不想要這樣就分開。」她悶悶說道。

謝亞倫摸了她的後腦勺，說：「我也不想，不過，我們明天還是可以見到面啊。」

宋雅嫻這時才抬起臉，最後點頭。

目送她進屋之後，謝亞倫才發覺到原來他的嘴角一直都是揚起的。

他摸了摸自己的臉，也摸到了方才她為他包紮起來的紗布。

回到租屋處，胡甚齊立刻跑來，看到謝亞倫回來時，臉上很明顯的鬆了一口大氣。

「真是的，我以為你又要失蹤了！」胡甚齊抱怨。

「我都還沒跟你算帳你跟雅嫻說我是花滅的事情。」

「欸等等，你的臉是怎麼回事？」胡甚齊下一秒又睜大眼睛問：「再等等，我沒聽錯吧？你叫宋雅嫻『雅嫻』？」

「我的臉沒事。至於花開……」謝亞倫微微低下頭，說：「坦白說，我對於我跟她的關係轉變還是有點不真實。」

「什麼啊！說清楚！」

謝亞倫收到宋雅嫻這時傳來的訊息，便露出溫和的微笑，一旁的胡甚齊見狀立刻理解。

「喔，我懂了啦，花開跟花滅在一起了對不對？」胡甚齊站起身，隨口說了一句：「花開花又滅呀。」

胡甚齊離開客廳後，謝亞倫腦海裡想著花開花又滅這詞。

她，宛如花開，像剛盛開的花一般，如此美麗。

而他，也許是經歷過太多令人心碎的事情，像個即將掉落的花一樣，毫無生氣。

不過，現在的他，已經不能再有這種想法了。

因為她不希望他這樣。

❀

「我突然想起了一件事情。」宋雅嫻說：「你還記得有一次我們在公園那裡買七里香的事情嗎？」

「知道呀，怎麼了？」

「那一天，我在社團課的時候突然被詩倫學姐拉進了占卜社，結果替我占卜的同學對我說，我上輩子有一段沒有結果的戀情，這輩子我跟那個人再次相遇，也會繼續相戀，延續前世的戀情。」宋雅嫻慢慢回想那一天：「她叫我放學後往公園方向走去，接著在第二棵樹下，那個人極有很大的機率就是我要找的人。」

「然後呢？」謝亞倫好奇地問。

「那一天，我家人要我買七里香，剛好會經過公園，於是我就走了過去，結果還真的在樹下看到了一個人。雖然那時候只有看一眼，」宋雅嫻微微激動了起來：「之後你就出現了。」

謝亞倫微微一愣，那一天，他確實也在公園，也在某一顆樹下。

照宋雅嫻的說法，他那一天確實巧遇了她，然而公園裡樹下的人，他記憶猶新，那一排的樹下，就只有他一個人站在那。而且，也正好是第二棵樹。

「原來，我們緣分有這麼的深嗎……」他喃喃說道。

「如果照那位同學的說法，我們上輩子說不定就真的有過那麼一段戀情。」宋雅嫻微笑說：「真的有點浪漫欸。」

「我其實不怎麼相信占卜。」謝亞倫說：「但如果是跟妳有關，那我願意相信。」

「那可以約定這輩子不要分開嗎？」

「我們才幾歲？」他失笑。

她微微抿唇，說：「雖然是這樣說，不過，這世界上除了家人，就你最了解我了。」

謝亞倫溫柔的看著她，此刻他的眼中，只有她一個人的身影。

外號「中央空調」的他，實際上卻沒有把任何的女孩望進眼中。

今早在穿堂等待他的到來，在他筆直地走向她時，即使一旁有一些愛慕他的女同學，但他卻連瞥都沒有瞥。

因為他的目光，此時此刻只有她。沒有其他人。

他第一次，體會到有人等他、擔心他、愛他、目光只有他一人的感覺。

也無法想像真的會有那麼一天。

就算沒有餘力去愛一個人，但是他可以用盡全力去守護她。

這時遠方的天空傳出了絢爛的煙火，有紅色、紫色、白色等等。

「好漂亮！亞倫，你看看！」她興奮的拉著他的袖子，意示他看那美麗的煙火。

謝亞倫看著絢麗的煙花，不禁微微一笑。

宋雅嫻則是看著他的側顏，微笑的拿起相機，想記錄這一刻的美好。

這台小相機，是在宋雅君給她的生日禮物，她已經好久沒有拿起相機了。

她開啟了鏡頭，對著他的背影，美好的一刻，就是現在。

歲月沒有他，就不完整。

花開不能沒有花滅。

如果沒有花滅，花開就不可能走過這段歲月了，對吧？

快門一拍下，謝亞倫便訝異的轉過身子，問：「妳這回竟然用相機偷拍？」

「我哪有偷拍，我把你拍的很好看欸！」宋雅嫺把畫面遞給他看：「我只是想要記錄美好的時刻。」

「妳拍得很好。」謝亞倫說。

「你該不會是想說模特兒好吧？」她微微瞇起了眼。

「不是。」他微笑的把相機還給她，「我第一次知道，什麼叫作幸福的表情。」

宋雅嫺一路看著謝亞倫牽著她的手，不禁微微一笑。要說她讓他看見了幸福，她何嘗也不是呢？

不過，這段幸福並沒有維持的太久，因為謝亞倫在接近他租屋處時，臉色卻變得微微凝重。

宋雅嫺也看了過去，發現一名女人在門口雙手抱胸，看似在等人。

「回來了？」那名女人正是謝母，她看到宋雅嫺，再往下看他們交握的手，訕笑：「女朋友？」

宋雅嫺想起先前她親眼看見謝母對謝亞倫態度如此的惡劣，她不免擔心起來。

「雅嫺，妳先回去，我晚點會傳訊息給妳。」謝亞倫溫聲說道。堅定的眼神也告訴她他可以應付這一切。

「我知道了。」即使不放心，但也只能相信他，何況，那也是他們家人的事情，她雖然是女朋友，但其實沒辦法在這件事情上發揮實質的幫助。

想著想著，她不禁為他感到心疼跟難過。

宋雅嫻離開之後，謝亞倫問：「媽，妳怎麼會來這裡？」

「我不能來？問那什麼問題？」謝母嗤之以鼻：「交了女朋友都不用說的嗎，詩倫不知道？」

謝亞倫掏出了鑰匙，帶著謝母進了屋。

胡甚齊今晚不會回來，早上聽他說他跟他同學要去跑趴，幸好他這一天不在，不然謝母可能也會連帶刁難他。

謝母進屋後環顧了一下四周，接著在客廳的沙發坐了下來。謝亞倫也走進廚房，裝了一杯水放在謝母面前。

「妳有好一點了嗎？」他開口問。

「你說呢？」謝母說：「你跟你哥都一樣，丟下我就直接一走了之，狠得很。」

「妳呢？」

「什麼？」

「妳對我就不狠嗎？」謝亞倫問：「有事情才會想到來找我，一開始，我以為妳真的需要我，但我發現每一次妳過來找我，都是對我說很難聽的話。」說到這兒，他不免語氣顫抖的問：「媽，我一直很想問，我是不是妳的孩子？哥跟詩倫妳都可以真心對待，為什麼我不行？」

謝母對於謝亞倫的指控感到一陣錯愕，接著她激動的站起身，喃喃說：「你爸說得對，真的不該放你一個人在外面住的，居然學會頂嘴，怎麼辦怎麼辦怎麼辦……」

謝亞倫看著謝母此刻異常的激動，她雙手不安的搓著，繼續自言自語：「英倫就不是這樣的孩子，可是他最近也不見了，電話都不接，為什麼……」

謝母異常的反應讓謝亞倫微微睜大雙眼，看著謝母拿出手機說要繼續打電話給謝英倫，他趕緊上前，卻發現謝母充滿瘀青的手臂，即便謝母穿著長袖，也依舊被發現了。

謝母錯愕地甩開謝亞倫的手，後退了好大一步。

「不用遮了！我都看到了！」謝亞倫跨步往前，錯愕的看著謝母的手，「妳的手怎麼會這樣？」

想起小時候謝父曾經對謝英倫拳打腳踢，連他也躲不過。

難道說，在他不在謝家的期間，謝母也承受著謝父的暴力嗎？

「媽！看我！」謝亞倫強硬地把謝母掰向自己，正色問：「妳手上的瘀青是怎麼來的！是爸打妳了嗎！回答我啊！」

謝母狂搖頭，但是心虛的神情表達了一切。

「不是不是不是！你不要再問了，拜託你！」謝母失控抱頭尖叫。

「媽！」

「亞倫，媽媽拜託你，不要說、不要說好不好……」謝母邊哭邊哀求：「說出來的話一切都會完蛋，所有人都完蛋啊！」

「所以爸真的有打妳？」謝亞倫頓時感到全身冰冷。

「沒有！他沒有！他對我很好！這個是我跌倒來的，跟任何人無關！」謝母極力否認。

謝母趕緊離開，謝亞倫回過神追出去時，謝母早已跑得不見蹤影。

謝母的激動讓他心中升起不安的感覺，他二話不說直接打給謝詩倫。

對方接起電話之後，謝亞倫劈頭就問：「媽最近有異樣的行為嗎？」

「什麼？」謝詩倫很明顯的一頭霧水。

「媽剛剛來找我，然後我發現……」說到這裡，謝亞倫頓時噤聲。

因為太過擔心，差點說溜嘴。

謝詩倫在謝家其實過得非常好，謝父對待她跟他宛如是天壤之別，謝母也是如此，他其實小時候就跟謝英倫有共識，就是不要讓謝詩倫承受跟他們一樣的壓力。

「媽剛剛去找你？那媽現在有你在旁邊嗎哥？然後你發現了什麼，喂？」謝詩倫見話筒另一方沒了聲音，於是開啟一連串的詢問。

找回自己的聲音之後，謝亞倫說：「媽她……剛剛離開了，如果她有平安回家，麻煩妳再通知我一下。我發現媽最近……氣色有點不好。」

最後的最後，他還是把醜陋的真相給吞下了。

不過電話沉默了一陣子，之後謝詩倫的聲音再次響起：「媽她可能剛出院，所以身體狀況還沒有完全復原，你放心，媽回來我會跟她說不要亂跑，我也會打電話跟你報平安，媽有跟你說什麼嗎？」

「……沒有。」

「這樣啊……哥你不用擔心啦，我會多注意的，你在外面也要自己小心喔！」

「知道了。」

通話結束之後，謝亞倫放下了手，接著看著天空中，從剛剛就一直放的絢爛煙火。

明明幾小時前還很開心的看著眼前的景色，為什麼現在的心情落差這麼的大？

難道，真的逃不了了嗎？

「哥，我逃得了嗎？」謝亞倫依靠在牆邊，喃喃問：「會不會現在得到的幸福其實是短暫的呢？」

隔天一早，宋雅嫻在謝亞倫的租屋處附近等待著，畢竟昨天看到了謝母的態度，她很擔心他會不會再次因為家人而受傷？

果不其然，謝亞倫走了出來，當他看到宋雅嫻在附近等他時，原先冰冷的心，瞬間回暖了一半。

「早安，吃了沒？」謝亞倫問。

宋雅嫻搖頭，「你呢？」

「我也還沒。」

「那一起吃早餐吧？」

謝亞倫微笑點頭。

「你沒事吧？」宋雅嫻小心翼翼的問。

謝亞倫頓了一下，神色的凝重已經給出了答案。

宋雅嫻心也不禁揪了起來，家務事其實真的很難處理，有的時候，她能給只有安慰。

她挽著他的手，給予了他無聲的力量跟安慰。

謝亞倫當然也感受到了，此刻的他心中充滿溫暖跟感動，他說：「謝謝，但再給我一段時間。」

「好。」

語畢，她在他唇上輕輕點了一下。

謝亞倫莞爾，接著緊緊的抱著她。

「走吧。」宋雅嫻笑著說。

接著兩個人手牽著手繼續往前走。

不過，這時有一個身穿西裝的男子從一旁的柱子走了出來，他看著他們兩個的背影，接著打了電話：「老闆，我剛剛有看見少爺走出來，嗯，有個女孩子來找他，看起來好像是女朋友，因為我剛剛有看到他們兩個抱在一起，又手牽手離開。好，我會去查那女孩子的底細。」

謝亞倫一整天下來心情都很低落，宋雅嫻原本想要陪他，但是聽謝亞倫說他要去張子羨的店裡支援一下，因為有員工生病住院，需要人手支援。

「抱歉，我是該陪妳的。」

「忙一點也好，這樣你才不會想太多。」宋雅嫻體貼的說：「我沒問題的。」

謝亞倫摸了摸她的頭，最後微笑點頭。

在咖啡廳忙進忙出好一陣子，終於有可以喘息的空間。

張子羨擦完桌子之後，便坐在謝亞倫身旁，問：「所以你真的跟那位筆友兼學妹在一起了？」

「嗯。」

「真的是因為喜歡人家吧？」

「如果我真的不喜歡，我會直接拒絕到底。」謝亞倫微微一笑：「但一開始是因為太喜歡而拒絕，但我發現我其實放不下這份感情，因此決定給自己一個機會去溫柔的對待別人。」

謝亞倫看著一旁的張子羨，挑眉問：「怎麼，你該不會聽蘇荷說什麼吧？」

「我們其實都沒有想過你會跟誰在一起，即使學校很多女生喜歡你，但我不覺得你也會跟她們其中一個在一起。」

「她跟她們是不能比較的。」

「那我可以感受到她對你的重視了。」張子羨拍著謝亞倫的肩膀，說：「好好的對待人家呀。」

謝亞倫微微一笑。

「辛苦了！」店裡近了打烊時間，謝亞倫整理好之後，便揹上背包離開了。

漫步在街上的謝亞倫拿出手機，宋雅嫻這期間一直沒有傳訊息過來，他不禁開始胡思亂想。宋雅嫻會不會其實真的不開心，只是她沒有表現出來呢？

不過回想自己什麼都不說，自己的負能量也影響到她，這一點確實是他不對，看來，他必須要好好整理思緒，再找個時機跟她說了。

正當他要打電話給她時，一台車突然停在他面前，走出來的人使他瞪大雙眼。

「我已經在附近等你很久了。」謝父皮笑肉不笑的說。

謝亞倫看著謝父的目光也越來越清冷。

「回家。」謝父簡短的說。

「如果我說我不要呢？」

「你以為我沒有準備就直接過來找你嗎？」謝父冷笑：「我肯定你這次會妥協。」

「你交了一個女朋友，她叫宋雅嫻，家裡是經營牧場，順帶一提，我之前也見過她，對她的長相我倒是不陌生。」

說到這裡，謝亞倫不禁渾身冒出了冷汗，看來這次，謝父是真的有備而來。

「這就是我要你跟我回家的籌碼。」謝父冷笑：「只要你跟我回家，她就沒事。如果你堅持不要，那我可能就……」

謝亞倫直接跪了下來，像瘋了似的一直磕頭：「不要這樣，我求你！我跟你回去，我馬上跟你回去！」

「看來，你真的很喜歡這個女孩子。」謝父說：「不考慮介紹她給我認識嗎？」

謝亞倫頭依舊抵在地上，並咬牙切齒著。

「算了，反正我也沒興趣。」謝父走下了車，便在謝亞倫面前蹲下身子，接著擒著謝亞倫的下巴，逼他抬頭看向他，冷冷說：「我給你一天的期限，所以明天你最好給我出現，不然我沒有那麼多耐心等你回來，好不容易抓到了你的把柄，我不可能就這樣放棄，你懂吧？」

謝亞倫忍住眼淚，最後用力的把頭瞥向一旁。

謝父也不以為意，接著坐回車裡，對著司機說道：「走吧。」

看著頭也不回的車子，到頭來，屬於他的幸福還是只有一瞬間嗎？

❀

「你要回謝家？」胡甚齊訝異的說：「這麼突然？」

謝亞倫回到家先是傳了訊息給宋雅嫻報了平安，但是看著看著，他心一橫直接關掉手機，開始著手行李。

如果，這是可以保護自己重視的人的方式，那他願意去做。

「這段時間辛苦你了。」謝亞倫微笑拍著胡甚齊的肩膀：「謝謝。」

謝亞倫沒有花太久的時間就把行李給整理好，胡甚齊覺得有點怪異，突然離開不像是謝亞倫的作風，加上之前還搞過失蹤，胡甚齊便直接擋在門口，質問：「說！你是不是又要跑去躲起來？」

「我不是說我要回謝家了嗎？」

「你之前打死都不回去，這次怎麼可能那麼突然？」胡甚齊擔憂的問：「你這樣我很擔心，至少離開前讓我知道個來龍去脈吧？」

「……」

「還是你跟宋雅嫻吵架？那我叫若蘭打電話給她問個清楚！」

「不要打給她！」謝亞倫稍微放大音量，神色略帶痛苦：「我說。」

然而也在隔天，謝亞倫正式回到謝家。

「少爺，歡迎回來。」

站在門口的謝詩倫訝異又驚奇的喊：「哥？」

在客廳的謝母聽到動靜，便直接站起身，不可置信的前往門口。

謝亞倫看著母親始終穿著長袖，像是刻意隱瞞先前被他發現的傷口，他的心不禁抽痛。

他會那麼乾脆回來謝家的其中一個原因，就是想確認他懷疑的事情是不是真的。

「媽，我回來了。」

謝母微微抿唇，接著生硬的說：「回來就好。」

最後謝父也走到了客廳，看到謝亞倫回來，也只是僅勾起嘴角：「終於願意回來了。我的乖兒子。」

宋雅嫻對著學長微微鞠躬之後，便離開了謝亞倫的教室。

據說，謝亞倫昨天開始就沒有來學校。

而她與他的對話紀錄也停留在那天他報平安之後，她回傳了貼圖，但是對方卻沒有已讀。

試著打電話給他，發現都被轉接到語音信箱。

「花開，妳只要知道我對妳一直以來都是認真的就好。」

看到手機螢幕上她昨天傳的最後一句話正是這個，她急了。

他消失了，毫無預警的。

✿

「什麼？謝亞倫都沒來學校？」陳玄霖一日問宋雅嫻說要不要大家一起去吃個飯，包含董若蘭跟胡甚齊，但是卻聽到謝亞倫已經多日沒出現的消息。

「嗯。他好像……又不見了，但又還在。」宋雅嫻懊惱著：「問了甚齊學長，對方也只是說不清楚。」

「若蘭，妳有從妳男朋友那裡聽說到什麼嗎？」賴郁婷問。

董若蘭搖頭，說：「不管怎麼問，甚齊都說不知道。」

「他們是室友，他怎麼可能不知道？」陳玄霖反駁。

「應該是他要甚齊學長保密吧。」宋雅嫻喃喃說道，心中的失落感也越來越重。

「雅嫻，妳不用擔心啦，我覺得亞倫學長他是真的喜歡妳，因為甚齊也有跟我說，自從他跟妳在一起後，臉上的笑容也變多了。」董若蘭安慰說道。

「就算是這樣，」宋雅嫻抿了唇，說：「我們之間還是有祕密在，可能對他而言是個不能說出來的祕密，可是我……」

「有的時候，就是因為太重視對方，那個祕密太過沉重，所以更不可能告訴對方，讓對方陪著自己一起難受啊。」賴郁婷溫聲說道，也攬著宋雅嫻的肩膀：「我們大家都看的出來，妳對他而言有多特別。我也相信他不會真的丟下妳。我們再給他一些時間。」

董若蘭用力點頭，說：「我也會叫甚齊多幫忙注意。」

「如果被我看到他，我一定要好好教訓他一頓，怎麼可以這樣放著自己的女朋友自己躲起來！」這句話無疑是陳玄霖說的。

宋雅嫻聞言，一直以來都擺著的苦瓜臉，終於笑開來。

「對嘛，這才是我們認識的雅嫻啊。」賴郁婷也笑了。

天氣越來越冷，早晚的溫差越來越大，是個非常容易感冒的時段。宋雅嫻也不巧的跟上了流行。

只是一開始她覺得沒什麼，僅是戴上口罩，幫家裡的人送貨，送完便直接一個人慢慢踱步。

走到河堤，她想起之前在這裡，她看見了他脆弱的樣子，在那一刻，她知道她早已喜歡上他了。

在走到上次的橋下，他們兩個一起放著煙花，她也看到了，他最溫和最開心的一面。

「你到底在哪？」宋雅嫻的眼眶開始灼熱：「我好想你。」

「少爺，你要去哪？」司機聽到謝亞倫說停車，便也真的踩下煞車：「老闆說晚上還要一起去吃飯呢。」

「我想下車就對了，時間到我會自己回家，如果你擔心被我爸罵，那你就把所有的事情都丟在我身上，我不會怪你。」謝亞倫說完便打開車門，司機又趕緊制止：「你還沒跟我說你要去哪啊！」

謝亞倫沒有回應，把車門關上便立刻跑得不見蹤影。

她一直不知道，她一直在想的人，此刻就走在她身後一段距離。

只是他不能靠近，至少現在的他還不行。

去過了河堤，他想起那時因為母親的事情令他煩心，於是開始借酒澆愁，卻遇到了她，這那一刻，她給了他極大的安心感，讓他卸下了他一直以來戴上的面具。

再跟著她走到橋下，想起了一起放煙火，她那燦爛的笑臉。

拉緊了身上的大衣，宋雅嫻覺得頭有點重，於是在一張椅子上稍坐片刻。

她忍不住打了一個噴嚏，在這寒冷的空氣裡，似乎不小心著涼了。

意識越來越遠，遠到她緩緩閉上眼睛。

這時陳玄霖跟賴郁婷恰巧出現。陳玄霖搖晃宋雅嫻的身子：「喂！雅嫻！」

「天啊，雅嫻！妳是不是發燒了！」賴郁婷也摸了宋雅嫻的額頭，隨後如此驚呼著。

宋雅嫻的腦袋此刻昏昏沉沉，連站起身也有點沒力氣。

「……我好想他。」宋雅嫻哽咽：「我真的好想他，怎麼辦？我發現我比自己想像得還要喜歡他，可是這樣我卻更難過，是不是因為我真的不夠值得他信任，所以他就算跟我在一起也還是什麼都不跟我說。」

「雅嫻……」賴郁婷心疼的摸著她的頭：「乖，妳還有我們幾個朋友啊。」

宋雅嫻的頭無意識的往下，賴郁婷趕緊讓她的頭靠在自己肩上。

此刻，他們一直在找的人，終於出現在他們面前。

「你！」陳玄霖非常的不高興，「你到底是去哪了？丟下自己的女朋友在這裡，她生病了你也不知道，你這個男朋友怎麼當的！」

謝亞倫的擔心之情賴郁婷看在眼裡，她問：「你剛剛一直都在這附近嗎？」

謝亞倫點頭，之後賴郁婷拉陳玄霖起來，好讓謝亞倫可以坐在宋雅嫻旁邊。

他摸上宋雅嫻的額頭，不禁訝異道：「怎麼那麼燙？」

最後，他作勢把她伏在背上，陳玄霖見狀訝異問：「你要幹嘛？」

「當然是帶她去給醫生看，不然你要放她在這嗎？」謝亞倫反問：「你們有誰有她家人的電話嗎？」

「那個，你可不可以說一下，這陣子你去哪了。」賴郁婷問：「雅嫻她找你找了很久，臉上都沒了笑容。我說，你既然當了她的男朋友，那為什麼對她的態度還是這樣？」

謝亞倫沉默，空氣中瞬間安靜。

「……我承認我不是一個很好的男朋友。」謝亞倫心疼的看著懷中的她：「如果可以我也不想這樣做，但是唯有這樣做，她才不會有危險。」

賴郁婷皺眉：「說清楚一點，你們到底怎麼了？」

「……其實我爸為了要逼我回家，用雅嫻威脅我。他是個說到做到的人，所以我無法想像我再反抗下去，她會因為我變成什麼樣子。」謝亞倫壓抑著語調，說：「我就是無能才能想到這個辦法，不然這樣下去，所有人都會我而不幸。」

陳玄霖跟賴郁婷聞言沉默著，心中對謝亞倫的不諒解也消散許多。

「可是你這樣做對雅嫻也不公平啊。」賴郁婷說。

「那依妳對她的了解，她如果知道了她會怎麼做？」謝亞倫問。

「這……」照宋雅嫻的個性，她才不會管那麼多，說不定還會跟著謝亞倫一起面對、一起反抗謝父嗎？

「先帶她去附近的診所吧。」謝亞倫說完就背起宋雅嫻趕往診所。

由於宋雅嫻被醫生要求在診所打個針躺著休息，趁著宋家人來的路上陳玄霖也去買了三杯飲料，其中一個遞給謝亞倫：「請你的。」

「……謝謝。」謝亞倫喝了一口。

「你怎麼會想到要跟在雅嫻後面，還是說你這幾天都這樣？」賴郁婷問。

「不，我這幾天都陪我爸去跟大人物吃飯，今天算是我找到機會偷跑出來的。所以我等等要離開，雅嫻麻煩你們了。」

「辛苦你了，抱歉，剛剛對你態度那麼差。」陳玄霖搔了搔頭。

「我先走了。」謝亞倫雖然這樣說，但還是不放心的看著診所裡頭。

「放心，我們會好好照顧雅嫻。」賴郁婷誠摯的說。

謝亞倫看著眼前的賴郁婷，不禁欣慰一笑，「幸好妳最後成為了雅嫻的支柱。」

賴郁婷有聽出他的意思，也微笑說：「這是我該做的。」

「幫我轉告雅嫻，我不會讓她等太久。」謝亞倫說。

「沒問題。」

謝亞倫步出診所，最後攔上一台計程車，回「家」。

❀

拿出了鑰匙，站在謝家門口，他才有稍微的「回家」真實感。

不過，他也知道，如果打開了門，他會有什麼後果。

但是，為了證明自己的想法，他也必須這麼做，不是嗎？

轉開了門把，卻聽到了哀嚎聲。

謝亞倫用力打開大門，卻看到了驚人的景象。

謝父抓著謝母的頭，謝母哭喊著求饒，謝父依舊不放過她。

「你幹什麼？」謝亞倫滿腔怒火的上前推開謝父，便趕緊蹲下身關心謝母：「媽，妳有沒有怎樣？」

謝母哭到說不出話，只能頻頻搖頭。

「臭小子，你竟然敢偷偷跑出家門，你想死是不是？」謝父用力踹了謝亞倫一腳，謝亞倫重心不穩，直接撲倒在地。

「亞倫！」謝母訝異的喊：「不要、不要再打了！會死人的！」

「打死一個算一個啦！」謝父咆哮。

謝亞倫冰冷的望向謝父，質問：「所以爸，我哥、我，甚至是媽，對你而言只是一個可以出氣的工具嗎？」

「你說什麼？」

「你已經害死了我哥，現在我逃跑了，你把目標轉向我媽。」謝亞倫心疼又懊悔的看著謝母：「媽，是我不孝，害妳承受了這一切。妳之前有意無意來找我，是想要跟我求救嗎？」

謝母哭到鼻子都紅了，卻也沒有否認謝亞倫的疑問。

「對不起，亞倫，對不起……」謝母哭著說道。

「都別說了！」謝父拽起謝亞倫，往書房拖去。

「住手！你要幹嘛！」謝母原本要跟過去，卻被謝父推了出來。

看著書房的門毫不留情的關上，謝母一直敲門、一直哭喊。

聽著門外母親的哭喊，謝亞倫咆哮：「你到底是有什麼毛病，這樣傷害自己的家人是你的成就嗎？」

「你！」謝父舉起手作勢要打謝亞倫，但是這一回，謝亞倫不再當受氣的出氣筒，他擋下了父親的手，最後用力推了他一把。

「我不會再忍了。」謝亞倫冷冷地說：「我現在就幫我哥，還有我媽報仇。」

「你這臭小子！」

謝母聽著裡頭東西掉落、碎落的聲音，不禁更著急了，拍打門板的力道也越來越大，像是恨不得把門給撞破。

「媽？」謝詩倫從樓上走下來，她也聽到了書房裡的吵雜聲，訝異問：「媽！發生了什麼事情？」

「詩倫……」謝母看著女兒，最後咬牙，艱難說：「報警！」

「什麼？」

「我叫妳報警！現在！」謝母哭著咆哮：「我已經失去英倫了，我不能連亞倫也失去！」

謝詩倫悲傷的流下淚水，最後鐵了心腸拿出手機報了警。

這一夜，謝家不安寧。

隱藏的假象就此崩毀。

❀

經過了整晚的休養，隔天宋雅嫻起來已經沒有昨天的沉重感了。

這時手機響了起來，看到打電話的人，她眼眶立刻熱了。

「是我。」他熟悉的聲音傳入耳畔：「妳身體有沒有好一點？」

「花滅？」她語氣激動的問：「是你嗎！」

「對，是我。我回來了。」他的聲音聽起來也有些許的不穩：「對不起，讓妳擔心了。」

「你在哪裡？」

「妳有好一點了嗎？」

「有！」宋雅嫻狂點頭，心裡只想見到花滅。

「我會去找妳。等我。」謝亞倫說：「從今以後，妳不會再找不到我，我也會……把我的事情毫不保留的讓妳知道。」

宋雅嫻聞言僵在原地，直到電話結束，她才發現她的眼淚早已從眼眶奪出，一滴一滴的落在手背上。

通完電話的謝亞倫此刻剛從警局走出來，他看著母親憔悴的樣子，心疼的抱著她：「媽，抱歉。」

謝母輕輕的拍著謝亞倫的背，自責說：「是媽對不起你們這三個孩子，以為只要繼續隱忍你爸就會良心發現，但我發現我錯了。」她哽咽：「那時候，看到你堅決離開謝家，其實我心裡是開心的，卻也很難過，我痛恨自己的無能，卻也心想要總有一天也要帶著詩倫逃跑，不過，都逃不掉。」

昨天晚上，謝母報了警，警察很快的就來到謝家。

謝父一開始還想維持好父親的形象，直到謝詩倫最後拿出了隨身碟，這個隨身碟，正式打碎了謝家一直以來努力維持的假象。

「其實我都知道。」謝詩倫最後也淚流滿面：「我早就知道我們家庭一直以來努力隱藏的祕密，我很想說出口，但是看到哥跟媽甚至是大哥為了我而隱瞞，我卻覺得更不該說……這個隨身碟，其實是我之前在大哥的房間找到的，裡頭全都是……爸爸施暴的影片。」

「對不起……我也一直在逃避。」謝詩倫哭著懺悔：「要是我可以再早一點的話……」

謝亞倫上前抱著謝詩倫，謝詩倫微微一頓，雖然她跟謝亞倫感情算不錯，但兄妹倆之間總是有個距離感在，想接近，卻也不知道如何拉近彼此的距離。

「沒事的，詩倫。」謝亞倫說：「我其實打從一開始就不希望妳在謝家過上不快樂的日子，這一點，是我們的共識。」

謝詩倫再也按捺不住，悶聲痛哭了起來。

「只是，」謝亞倫擔心的看著謝母：「媽，這樣的話爸的新聞沒多久就會出現，妳沒關係嗎？」

謝母搖頭，微笑說：「既然要揭開這個假象，那我就不會後悔，我啊，這回想為自己好好的活一回，也想好好的彌補你。」

「亞倫，你有時間可以帶女朋友給媽看看嗎？」謝母微笑問道，臉上充滿了慈愛：「上次看到她，覺得她長得好漂亮呀。」

「哥，你交女朋友？誰啊？」謝詩倫一頭霧水。

謝亞倫微微一笑，說：「我想妳應該心裡有底了吧？」

謝詩倫訝異的捂著嘴，「該不會是雅嫺學妹？」

「嗯。我打算等一下要去找她。」謝亞倫斂下眼：「之前被我爸抓到了把柄，雅嫺被他拿來成為威脅我的道具，如今……大家再也沒有這個困擾了。」

❀

宋雅嫻打開了家門，卻在門口看到了她朝思暮想的人。於是兩個人同時上前抱住對方。

謝亞倫摸了摸她的臉，鬆了一口氣：「幸好，氣色好了許多。」

「難道……」宋雅嫻記憶還停留在昨天晚上因為冷風的關係不慎著涼，最後陳玄霖還有賴郁婷都出現了，即使模糊，但她還有印象有人背著她送到了診所。那溫暖的體溫傳遞到她胸口，雖然當時的她沒有力氣回應，但她還是有一點點的意識。

「我果然沒有猜錯，你昨天真的有出現對吧？」宋雅嫻激動的哭著：「你到底跑去哪了？」

「抱歉。」他再次抱著她：「相信我，這一回就算妳推開我，我也不會再離開了。」

她緊緊的抱著他，悶聲說：「我才不會這麼做！」

宋雅嫻聽聞來龍去脈，愣愣的問道：「所以你會離開我一段時間，是怕我被你爸傷害嗎？」

「嗯。抱歉。」

宋雅嫻微微噘起嘴，接著輕輕的在他胸前輕敲一下。

「不准說道歉！還有，你以為我會因為這樣就會離開你嗎！」

「當然不會，但是妳會一直陪在我身邊，不管我爸怎樣對妳妳都不怕，對吧？」

宋雅嫻沉默不語，看似默認。

「可是我不希望妳跟我在一起，卻還要面臨一些威脅。」謝亞倫說：「我希望我們在一起是快樂的，自在的，這才是我要跟妳交往的目的。」

「……所以你們之後怎麼辦呢？」

「我爸他可能會面臨刑責上的問題，在我不在的這段期間，我媽宛如身處在地獄，我哥也因此被他逼到走上絕路。」謝亞倫斂下眼：「現在我舅舅有幫我們找到一間屋子，以後我跟詩倫，還有我媽一起生活。我媽也會對我爸申請保護令。我想要好好的陪伴我媽，彌補我這段時間不在她身邊。」

宋雅嫻拍了拍他的手，讚許說：「我支持你！」

「謝謝妳，花開。」謝亞倫撥了撥她的頭髮，誠摯說：「我愛妳。」

「你……」宋雅嫻臉頰一熱：「這個年紀說愛會不會太早了？」

「會嗎?某方面來說，我們算認識很久，也在對方身邊渡過許許多多的大小事了吧？」謝亞倫莞爾：「雖然我很少說自己的事情，不過妳最後也是自己看出來了，我們也算是非常了解對方的人了吧？」

「也是。」宋雅嫻點頭說：「那，從今以後，我要正式走入屬於你的生活。」

謝亞倫微笑點頭，最後把她擁入懷中。

❀

謝母向法院提出了離婚訴訟，然而謝父在公司也是建立出獨裁專制的形象，家暴醜聞一爆出，也造成了全部員工集體離職的狀況。

謝父一如往常的進去公司，卻發現桌上疊了滿滿的辭職信，當場怒不可遏。

「搞什麼？我沒有你們，我還是可以一個人做得非常好的！」謝父把所有的信都揮到地上，接著用力地坐下。

看著信底下的離婚協議書，謝父當場愣住。

他趕緊拿起電話撥打給謝母、謝詩倫、謝亞倫，卻得到空號的回應。

彷彿這三個人從未在他身旁一樣。

「你沒有親人，你知道嗎？」

當時在書房時，謝亞倫一邊接受他的挨打，一邊說：「親情對你而言真的只是這樣嗎？哥都被逼死了，媽也被你逼到心靈創傷，你都沒看見嗎！」

謝父扶額，喃喃說：「難道我所做的一切你們都沒看到？我辛苦經營的家庭、辛苦賺來的錢……」

妻子、孩子，最終離他而去。再也找不回來。

尾聲

「哇，好冷好冷！」

「時間快來不及了！我不想讓他們等啦！」

在公園裡的第二棵樹下，由於現在已經春天了，樹也開始準備綻放花苞，開出最美麗的花。

謝亞倫看著樹上的花苞，微微一笑。

謝母在他跟謝詩倫的陪伴之下，臉上的笑容越來越多。

謝父就不一樣了，自從他們離開後，謝父把自己經營的藥廠給關閉，從此沒有他的消息，只知道他都把自己給閉關在家裡。

有時候，自己選擇的道路，無關任何人，也沒有後悔的資格。

這時有人從他身後緊緊抱住，他微笑的說：「現在把我當成抱枕了嗎？」

「沒錯！你是我專屬的抱枕！」

「什麼時候變得這麼敢說？」謝亞倫笑著，語氣充滿寵溺。

宋雅嫻欣慰的看著他，在這段時間，有陳玄霖、賴郁婷、董若蘭、胡甚齊的陪伴，謝亞倫也逐漸展開心胸，主動聊起自己的事情、說出自己真實的想法，活出原本的自己。

心中的傷口也許不會消失，只能帶著往前，但是，也會隨著時間而沖淡。

「我們今天是要在這裡野餐對吧？」董若蘭跟胡甚齊牽著手出現了，董若蘭驚呼：「哇，這裡好適合野餐！雅嫻妳好會找地方喔！」

「現在只剩兩個人還沒到。」謝亞倫看了看手錶，距離約定時間還剩一分鐘。

「慘了，遲到的人就要請飲料了呢。」胡甚齊笑著說。

「我、們、沒、有、遲、到！」不遠處傳來了吶喊聲，陳玄霖跟賴郁婷同時用跑百米的速度奔來。

在場的人都笑了出來，笑聲在這棵樹下，渲染了溫暖開心的氣氛。

宋雅嫻開心的看著賴郁婷急忙解釋晚來的原因，在看著陳玄霖略帶慌亂的把野餐墊給鋪好，會做料理的謝亞倫跟董若蘭則是拿出便當盒，準備了許多料理給大家品嚐。

花如果開了，也會凋謝。

花開花滅，代表著一年即將結束。

然而在反覆的花開及花滅，總有一個人停駐在心裡不曾離開。

他們，將會手牽著手，不畏懼的走向未來。

後記

哈囉大家好！又到了後記的時間～

時隔一年左右，終於又出了新書了！

當然還是要謝謝出版社跟編輯，願意給這本書修改、出版的機會，以更成熟精簡的方式出版。

先說說這個故事，這本故事走向跟我一開始預想的不太一樣，所以過程中遇過無數次的卡稿，更覺得自己好像都寫不到盡頭。

先說說故事中的雅嫻，她一開始是喜歡玄霖、但玄霖最後卻跟郁婷在一起。

在對方不知道自己心意的情況下，他跟別人在一起，確實無法說什麼，只能說就算兩情相悅也不見得會在一起，有的時候緣分很妙，當你覺得不可能，但就這麼發生了，出乎意料之外。

也許郁婷跟玄霖這一對不太受歡迎，不過，知道真相之後還能接納這個瑕疵並和好如初，某方面來說也確實是真愛了吧？郁婷的謊言被拆穿後，她也不用繼續背負著罪惡感面對雅嫻跟玄霖了。

再來談一下亞倫這個男主角。他的性格比較捉摸不定，也不是溫柔的男主，但他對雅嫻的態度比較特別，至少在她面前，亞倫可以卸下光鮮亮麗的表象。不像面對其他人時，還要戴著面具。由此可見，雅嫻在他心中有一定的分量。

亞倫面臨家庭的破碎、哥哥的離去……等，這樣的他背後承受了多少辛酸？幸好他遇見了可以說是互補的雅嫻，讓他知道原來在這個世界上還是有溫暖的，也還是可以綻放出屬於自己的色彩！

希望大家也可以在自己的歲月中，遇見及擁有溫柔的人事物～

要青春112　PG3018

要有光 FIAT LUX

花開滅之時

作　　者	蒔
責任編輯	吳霽恆
圖文排版	陳彥妏
封面設計	王嵩賀

出版策劃	要有光
發 行 人	宋政坤
法律顧問	毛國樑　律師
印製發行	秀威資訊科技股份有限公司 114台北市內湖區瑞光路76巷65號1樓 電話：+886-2-2796-3638　傳真：+886-2-2796-1377 http://www.showwe.com.tw
劃撥帳號	19563868　戶名：秀威資訊科技股份有限公司 讀者服務信箱：service@showwe.com.tw
展售門市	國家書店（松江門市） 104台北市中山區松江路209號1樓 電話：+886-2-2518-0207　傳真：+886-2-2518-0778
網路訂購	秀威網路書店：https://store.showwe.tw 國家網路書店：https://www.govbooks.com.tw
總 經 銷	聯合發行股份有限公司 231新北市新店區寶橋路235巷6弄6號4F 電話：+886-2-2917-8022　傳真：+886-2-2915-6275

出版日期	2024年3月　BOD一版
定　　價	380元

讀者回函卡

Printed in Taiwan

國家圖書館出版品預行編目

花開滅之時/蒔著. -- 一版. -- 臺北市：要有光, 2024.03
面； 公分. -- (要青春；112)
BOD版
ISBN 978-626-7358-18-4(平裝)

863.57　　113000559